吉本隆明が語った

超資本主義の現在

その本質への思想

文化科学高等研究院出版局

知の新書
004

[philosophy/economy/culture//actuel]
directed by Tetsuji Yamamoto

吉本隆明の本　ehescbook.com

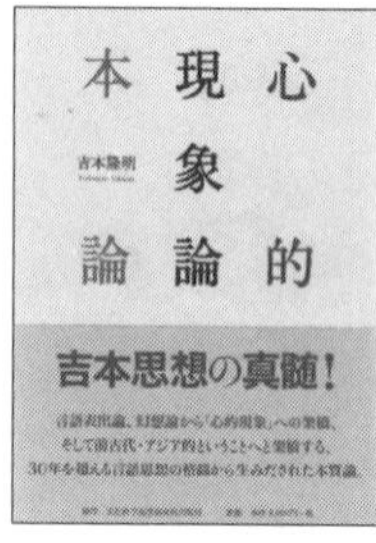

本書は、『吉本隆明が語る戦後55年』（12巻、三交社）の中で、現在情況について語ったもので、『思想の機軸とわが軌跡』（EHESC出版局）の単行本化に未収録だったものに、編者（山本）が問題構成的「学ぶコメント」を付記。初出タイトルとはかえてある。

吉本隆明が語った
超資本主義の現在

現在への発言❶

超資本主義の現在における労働関係・親子関係の変容

フリーター、パラサイト・シングル、家族

談話収録▼二〇〇〇年一〇月一三日
聞き手▼編集部＋山本哲士

■フリーターは昔の臨時雇いとどこが似通い、どこが違うか■

▼▼フリーター生活を送っている若者たちが百五十万人を超えたと言われます。企業に就職することを避け、好きなときにアルバイトをして生活費を稼いで暮らすというライフスタイルです。「これでは職業的な能力が積み重なっていかない」と問題視する見方がありますが、逆に「使いやすいし人件費や社会保障経費が削減できていいじゃないか」という指摘もあります。

吉本　僕らが若い頃は臨時雇いで働いている人たちがたくさんいました。フリーターも働き方

ということでは臨時雇いと同じことですね。僕が勤めていた頃の会社の臨時雇いでは、働く期限はいつからいつまで、賃金はこれこれと決めて契約し、雇われるわけです。雇われた期間は、正規の社員と同じように働きます。期限がくれば、辞めてくれと言われるか、継続して働いてくれと言われるか、どっちかになるわけです。働くほうはそれに対して文句は言えない。「もう期限がきたから辞めてくれ」と言われたら、それに従うことになります。労働組合も、労働契約に書かれてないかぎりは組合が介入する問題じゃないということで、異議を申し立てることはまずしないのが普通でした。ですから、主体はあくまでも雇う側にあり、それでも正規の雇いに転じたいというのが臨時雇いの潜在的な願望でした。

▼臨時雇いの人たちといまのフリーターが違う点はどこでしょうか。

吉本　僕らの頃の臨時雇いの人たちは、できれば正規の社員として雇われたいと望んでいたと思います。会社に正社員を雇うキャパシティがないから、臨時雇いにしていたわけです。臨時雇いだからってそう簡単にそっちの都合だけで辞めさせることはできないとか、正規雇いにしろとか、正規雇いにするときの条件については組合の承認がいるんだとか、そういうことを共産党がよく主張していました。僕はそんなことは第一義的な問題じゃないと処理していましたけど、共産党の人たちはそういうことを盛んに言っていました。

企業対働く人、資本家対サラリーマンの間の「雇う・雇わない」の関係で、最も重要なのは雇用契約を結ぶということです。契約書には、会社の規則に違反した場合は、企業側が自由に解雇できるというようなことが書いてあります。フリーターの人たちにはそれぞれ個別的な事情や考え方があるわけでしょうが、ようするに雇用契約を結び、会社の規則を守って働くという拘束状態に不自由さを感じているわけでしょうか。

正規の社員になるとなれば、雇用契約書に署名して判を捺し、会社の規則を守ることを前提にして働くわけです。給与体系で言えば扶養家族の手当てがどうとか、役付き手当てがどうとか、就業規則はこうだとか、そういう社則を守らなくてはならない、違反したらこんな処分があるとか、それを承認しなくちゃ正規の社員にはなれないわけです。

実際にはそれほど気分を重くするようなことじゃなくて、これはもう習慣的な決まりだから書いてくれ、わかりましたっていうことで書いて署名するわけです。もちろんそれで雇用契約として効力が発揮され、会社の規則に従わなくてはならないし、会社も保険や給与など定められた待遇をしなければならないことになります。それに違反すればクビになる場合もあります。また、社則に反するからと言ってクビにすることもできるわけです。ようは雇用する会社側の自由に従うことになるわけです。社員から異議を申し立てる場合には、だいたいは労働組合を通して、一方的に解雇はできない契約があって阻止することになるわけです。

それに較べれば、フリーターには主体的な自由がありますね。同様に雇うほうにも同じようにもう要らないという自由もあるのでしょう。「俺は時間がほしい」と思っているなら、働いただけ稼げればいいという考え方です。会社の規則に縛られないし、自由でいられる。第一に会社のほうにではなくて自分の都合に従う自由があるということが違うわけでしょう。その代わり、扶養家族が何人いようと給与には含まれてこないし、配慮もされないわけでしょう。

■働く側・雇う側の両方で自由度が増している■

▼▼フリーターは基本的にアルバイトですから、確かに会社の規則に縛られることはないし、責任ある立場にもなりません。仕事が嫌になれば、電話一本で辞めることもできます。最近は電話もしないで行かなくなる人もいるようですが。

吉本　ようするに、資本主義的な雇用関係が本当の意味で崩れてきたということでしょう。

僕は失業してから、学校の先生の紹介で特許事務所に勤めたことがあります。一日おきの臨時雇いなんですが、給料はいくらときちんと決まっていました。僕のほうの気持ちはいくらかフリーター的だったのですが、最後はちゃんと雇ってもらえるのが一番いいんだというのが潜在的にあるんですね。それが無意識のうちにあるわけですが、特許事務所の科学的な雑知識でやれる程度の仕事だから、全日で雇われて拘束されるのは嫌だなあ、という気分がありました。

本格的な技術関係の仕事で、設備の整った現場があるような所だったら、一日おきじゃなくて全日で来てくれって言われれば、やったと思います。

臨時雇いといっても、やはり雇用・被雇用の関係はあって、雇用する側も「雇用してやってるんだぞ」とちょっと上位にあって、雇用される側は「雇っていただきます」と、そういう関係が無意識のうちにありました。その意味では、フリーターは雇用に対する自由度が多く出てきたと考えられますね。

▼仮に一つのアルバイト先を辞めても、情報誌などで探せば、次の働き口はわりあい簡単に見つかります。また、企業のほうもアルバイトやパートを雇うことが経営の前提になっているところは増えています。

吉本　つまり、雇用する側も自由度が増したということになりますね。「辞めてくれ」と言えば、すぐに辞めてもらえる。昔の臨時雇いは、雇用する側にかなり自由度があった半面、雇われるほうはあまり自由ではなかった。正規の社員になりたいけど、会社にその余地がないから、いまは臨時雇いでいるんだという感じ方です。いまは、ようするに相互でわりあいに自由だということになっているわけですね。

■職をもち、家庭を築くという社会拘束性は失われていない■

山本　産業社会生活を送るうえで、労働主体と性主体になることが要求されたと思われます。労働主体としての役目は、契約関係を結び、労働力を雇用する側に受け渡すことです。その代わり、この労働を支える社会条件をきちんと整えてもらう。ようするに、正社員になることです。臨時雇いは労働力の質が低いうえに、労働を支える社会背景が保証されないという関係であったと思います。

一方、性主体としての役目は、社会的に責任をもつため、家庭を築き、妻や子を養うこと。きちんとした家庭をもつことで、性主体としても充足されるという形でした。

この社会生活の基盤である労働主体と性主体になることが、現在の若い人たちには非常に拘束的で嫌なことなのかどうか、曖昧になってきたようです。

フリーターは労働力を売り渡すという点では、何の変化もありません。ただ売り渡された労働力は質的に低かったり、ゆるやかな関係ですから嫌だったらすぐに辞められる。雇うほうも、使いものにならなければ、すぐに辞めさせるようなことがある。そういった自由度は恐らく増しているのでしょうが、労働力を売り渡すという関係性の社会本質は少しも変わっていません。

逆に言えば、フリーターは自由度はあるけれど、不安になったり、どこかでまだ充足できないところがあって、満たされるほどの自由度にはなっていない感じがします。労働主体、性主体になること、あるいは職業に就き、家庭を築くという社会拘束性は消えていない気がします。

吉本　家庭を築く、つまり結婚して女性と同居し、子どもを含めて家族を構成する場合には、フリーターはまず経済的に、女性に依存する面も出てくることもあるでしょう。家庭観念や家族観念があまり強固でなくなっていることも、フリーターの存在と増加の理由の一つかもしれないですね。

▼▼いまの二十代、三十代の人たちは、自分たちで家庭を築くというより、親と対立しながらも、それほど親から離れないという傾向が見られます。その代表がパラサイト・シングルと呼ばれる親同居未婚者です。定職に就いているいないに関わらず、結婚をしないで親と同居している二十歳から三十四歳までの男女が全国で一千万人いると言われています。基礎的な生活条件は親に依存したまま、個人的には豊かな生活を謳歌している人たち、とくにそういう女性たちについてパラサイト・シングルという言葉がよく使われます。

この場合、女性の自由度が増え、女性の生活水準が高くなっているという現実面では、パラサイト・シングルは親が支えていることになります。それらも含めて、フェミニズムが主張する「女性の家事労働からの解放」も、パラサイト・シングルでは実現されているじゃないか、といったことを言う人もいます。これは現在の社会的な問題としては非婚化現象、少子化現象にも関連しているわけです。

吉本　親元で暮らしたり、フリーター生活を送る人の数が増えていること自体は、それほど積極的な意味で社会的な問題ではないと思います。けれども一方で、親の世代からみれば「そういう生き方はおかしい」ということになるでしょう。親元を離れて経済的に独立し、ちゃんと家庭をもって子どもを育てなければ、男も女も一人前じゃないんだという観念は、少なくとも僕らの世代にはありますね。そうでなきゃ、半人前だということになります。僕は、社会的にも個人的にも「過渡的」と言っておきましょうか。

▼▼いまは「親が家庭を仕切れなくなった時代」だとも言えますね。昔なら家を出ていく年齢になっても、平気で親と一緒にいられるのは、一つにはそういう面があると思います。

吉本　面白いですね。親は本当は「お前、独立しろ!」と言いたいわけでしょう。男だったら何はともあれ独立して、自分で稼いで食べて、嫁さんをもらうくらいにならないとダメだと、究極的にはそう思っているはずですね。

ところが一世代違う子どもたちは、ちっとも自分たちがおかしいとは思わない。死ぬまでには自立が必要になるかもしれないが、さしあたって大きな問題ではないと受けとめていると思います。親がとやかく言っても「ご飯を食べさせるくらい、いいじゃないか」と思っていて、親のほうはその程度のことは「飢餓に至る」負担でも、「死に至る」負担でもなくなっているわけでしょう。だから親元にいられるわけです。

▼▼たとえば会社勤めをしながら、親と一緒に住んでいる三十代の女性が多くいます。自分の給料が増えていく一方で、親が年を取ってリタイアすれば、気がつくと大黒柱になっている。さらに進めば、親はその子に生活の面倒まで見てもらうことになる。見方を変えれば、パラサイト・シングルは、親が子離れできない状態ではないかという意見もあります。

ある調査では、子どもから食費などをもらっている親でも、六十一パーセントの人は子ども名義で貯金しているらしいんです。つまり、親は経済的に支援する行為がなかなかやめられないという側面もあります。

吉本 それは僕なんかとそっくりですね（笑）。特に身体にまつわる世話は子どもの負担になっています。悪いなあ、これじゃいけねえといつも感じてますが。

できるだけ自力で生活できるように心がけてはいますけれど、足腰がわるくなってきて、実際問題として娘の世話になっちゃうわけです。ご飯を炊くとかおかずを作るとかからはじまって、外へ出かけるときにも娘の世話になる。そんなにいい気持ちで世話になってるわけではなくて、嫌だなあ、口惜しいなあと思いながらですが、どう思おうと世話になっていることには違いはないわけです。

それで、やっぱり自分にもいい父親たろうという欲望があって、子どもの名義でこっそり郵便局に通帳をつくったりするんです。けっこう貯まっていい気持ちになっていると、何かの必要があって、どこからも出せそうにないっていうんでこれを遣っちゃって、元の木阿弥になるというくり返しをやっているんですけれどもね。ですからいま言われたことだと、僕はそっくりその通りですよ。「子どものために」といったん思ったら最期というか、思ったら必ず実現できないって（笑）、そういう目に遇いますね。

■いまの親と子の世代は潜在的に和解の余地がない■

吉本　親と子の世代的な対立は、現在の社会に限った話ではありませんが、とくに転換期にある社会、変化の激しい社会では、親と子では考え方の距離がものすごく開いてますね。もし互いの考え方がストレートに出れば、激しくぶつかり合って、家庭内暴力にまで発展しかねないでしょう。極端化した例では、親の子殺し・子の親殺しがあります。とことんまで本音を出してしまうと、最終的に和解する余地はなくなります。こうした近親関係の裏側にある相違がもっと表面に出てくれば、家庭内暴力や親の子殺し・子の親殺しが増えて、本当の社会的な問題になるでしょう。

とことんまで本音を出すとそこまで発展するのは理の当然で、たいていはその手前で止めますから、適当に距離を保ちながら日常の親子関係は続けていけます。腹の中ではどう思っていようと、続けていけます。潜在的には和解の余地がないのに、適当なところで止めているから、パラサイト・シングルやフリーターの生活も成り立ち、その人たちを家に置いている親のほうも辛抱できています。

親の本音を言えば、大きな図体をした奴が家のなかにゴロゴロしているのは、ものすごく嫌なわけですよ。けしからんというか、見ちゃおられんという気持ちです。しかし、その本音を表に出したら最後だと思うから我慢している。表に出てくれば、「相当きわどいことになるぜ」とわかっているからです。

両方とも我慢している間は、和解ではないけれども、お互いを容認できる関係が成り立っている。「親の若い時分といまとでは社会がまるで違うんだよ」という認識をもって、互いに深くは干渉しあわない。もし本音でぶつかりそうになれば、親か子のどちらかが自ら緩和して、危険な状態をすり抜けているわけです。

親か子どものどちらかが考えて、なるべく早くそばを離れたり、できるだけ接触点を少なくして、きわどくなるまで距離を詰めないようにしている。それで辛うじて成り立っているのが、現在社会の親子関係であり、いまの家庭だと思います。両方とも我慢できている状況では、「社会が変わったんだよ」という理解である程度は済ませることができます。

僕自身の親子関係がどうかといえば、やはり同じことですよ。つまり、子どもの世界と対立し、とことん本音を出して相互の主張を頑強に露出させたら、親子の関係はいっぺんに終わってしまいます。例外なしに、いまの親の世代と子の世代では、「お前のような生き方は間違っている」と互いに言い出したら、もう和解する余地はないというところまで必ずいきますね。

▼▼いまの社会では、親と子の世代はそれだけ距離があると。

吉本　わかりやすく言えば、自民党と共産党の距離よりも、親と子の距離のほうがもっと大きくかけ離れてしまったわけです。いまはそういう言い方をすれば、わりあいに当てはまるでしょう。それぐらいの距離は確かにあります。

僕の実感から言っても、親の世代は、異性と一緒になる場合には「死ぬの生きるの」みたいな感じで懸命なところがあったもんです。ところが自分の娘の世代を見ていてもわかりますけど、いまの子の世代は、同棲はするけど婚姻届に判は捺さないみたいなこともしますね。男女が一緒に住んでいても、どちらかにほかの異性が現れたら「ハイ、さようなら」と、いかにも簡単そうに別れたりもします。昔から再婚や再々婚はいくらでもありましたが、いまのように平然とはできなかったと思います。いまは男女がお互いに距離をあまり詰めないから、結局それだけ自由な「性」の関係意識と思えるわけです。親の世代からは、奇想天外な考え方ですね。

いまの若い世代でも、異性と別れるときは大騒ぎになったりして、決していい加減な気持ちではないはずです。「異性と別れるのは平気なのか?」と問えば「平気じゃない」という答えが返ってくる。しかし親の目からは、くっついたり別れたり、平気で相手を変えているように見える。極端な言い方をすれば、朝にある男と一緒にいたのに、夕方にはもう別の男と一緒にいる。もう、偕老同穴で死ぬまで一緒という考え方はまったく通用しませんね。

だからといって、親の世代が「そんな男女関係はおかしい」と言い出したら通用しないです。必ず、和解の余地がない状況になります。とことんまでいく機会が少ないのは、その手前で相互に意識的にも無意識的にも回避しているからです。親子関係が成り立っているように見えて、実はただ回避しているだけではないんでしょうか。

▼▼その背景となるのは何でしょうか。とくに経済的な背景はやはり大きいと思われますが。

吉本　親子の考え方に途方もない大きな距離が生まれた理由は、一つには社会の段階が、封建時代末期や明治時代みたいに、二宮金次郎じゃないけれども、子が親の世話をするのが当たり前だった時代とはまるで違っているということです。それどころか、戦前や戦後間もないころともまったく違う段階に入っていて、どんどんその状態が進んでいってるわけです。

現在、日本のような先進地域は世界的に言ってみれば、要約してしまえば経済的に資本主義の次にくる段階を迎えようとしています。つまり、超資本主義と言ってよい段階へ急速に移行しています。しかし、現実の社会機構のほうはそうなっていなくて、その変化に急いで追従しようとしている状況です。社会が進展したから親子関係がだんだん希薄になっていくという以上にいまの親子間で距離感が拡がっている理由は、そこにあるんだと思います。

いまは個人も企業も、消費のうちで自由に使える選択消費の占める割合が半分を超え、不可避的に消費過剰な経済の状態になっています。働く人の六割から七割は第三次産業、つまりサービス業に移っている高度な社会ですね。第三次産業はいつでも第二次産業や第一次産業（自然産業）の補助機関に転化できるのが特徴で、たとえば農業の補助機関にも転化できるという不可思議な産業です。ここでは過去の価値観や倫理観や進歩史観が通用しないことになるんです。

そういう意味で言えば、マルクスのような産業の発達や生産手段の発達がそのまま社会の発達だという考え方では、ちょっと捉えられない社会になっているということです。

■超資本主義への移行を子の世代は直観的に受け入れている■

吉本　親の世代は、超資本主義への移行がそれほど緊迫した課題だとはまだ気づいていません。しかし、子どもは直観的、感覚的にその変化を受け入れている。そこに大きな違いが生まれることになります。親のほうはまだ資本主義時代の倫理が崩れないでいるから、立派な会社に勤めて毎月サラリーをもらい、家庭を築いて子どもを育てるのが当たり前だと考えています。だから、子どもをいい学校に入れたがるし、そのために子どもの尻にムチを当てても勉強させようとする。子の世代は直観的に、超資本主義社会への移行がわかっています。実際の社会生活で、あるいは遊びのなかで自然と身につけています。

親と子の世代で距離感がことさら大きくなっているから、むき出しにしたら必ず壊れる状態になっていると思えます。特別にいまの時代がそうであることを、僕はいろんな面で感じています。

たとえば出版業界にしても、まだ資本主義時代の体制です。文章を書いて出版業界で食べている人間も、まだ変化を受け入れていない面があります。昔は高級な文学作品を書けば、出版社は作家を誉めそやし、読者も作家を尊敬してくれたわけです。超資本主義、消費産業が過剰になり、しかも自在に第一次産業にも、第二次産業にも転化し、結びつくことができる資本主義になると、作家がどれだけ高級な作品を書いても尊重されません。ようは、たくさんの読者がいる作家、たくさん消費者がついている作家が偉いということになっています。経済的には当然の話で、そうでなければウソです。出版業界も遅ればせながら、次第に移り変わっていきます。これは別に出版業界が悪くなったという意味ではなく、経済的な体制の必然です。

僕の持論では、これまで資本主義は高級なものを助けてきたわけです。しかし超資本主義の社会では、高級なものはあまり意味をもちません。それが最も顕著に表れているのは音楽と文学の世界じゃないでしょうか。これまでは、たとえば幼児のときから修練を積んだバイオリンの独奏者は高級であり、価値があるとされてきました。幼少のころからバイオリンを習い、ほかの子どもが遊んでる間も練習して、年頃になったら国際コンクールに入賞するような人が、一人前の演奏家としてこれまでは尊重されてきたわけです。

ところがいまは音楽の価値を決めるのは、聴く人本位となっていますね。いくら自分では高級だと思っても、結局は聴いてくれる人がいなければ意味がありません。世界的なコンクールで一等をもらっても、コンサートを聴きにくる客がいなければ、演奏家として成り立たないわけです。どれだけいい演奏家だと言ったところで、消費本位の社会では人から尊重されないことがあり得るわけです。

おかしなことかもしれませんが、社会が聴く人本位に移ってきたことは事実です。それでもやっぱり自分はバイオリンの修行を積むという人はいます。ただし以前のようには尊重されないから、どうしても勢いが少し鈍ってくるでしょう。

これまでの資本主義は、企業家もこういう音楽家を大切に扱ってきました。ときには演奏や練習を強制することはあったでしょうが、それで技術が向上するような利点もあったわけです。いまでは以前みたいに企業が演奏家やアーチストを支援したり鼓舞するようなことは、かなり少なくなっているんじゃないでしょうか。

せっかく高級な芸術をやっても、人から鑑賞され尊敬されなければ立つ瀬がない。高級な仕事をする人は、いまや誰かに助けてもらう以外に道はないのかもしれません。でもこれは経済的な必然だから仕方がないことだと思います。

■社会の変化を国家の問題として捉えない■

▼▼超資本主義への移行に対して、政治はどういう舵取りをすればいいのでしょうか。

吉本　社会の変化に対して、政治的国家がやるべきことは決まっています。金融機構や産業機構を変え、資本主義の状態から超資本主義の状態に移行することです。この点は、自民党であろうと共産党であろうと違いはありません。

ですから、いまは各政党の間の距離はほとんどなくなりましたね。政治的国家に対するイデオロギーの違い、理念の違いなんかは大きな問題になりません。消費が過剰となった超資本主義に社会機構を合わせることが最大の課題です。

保守的であるとか進歩的であるとかは、何の意味もありません。誰が政策を担当しても、どの政党が政権を握っても、同じことしかできないという気がします。仮に共産党が政権をとっても、超資本主義への移行は必然であるし、自民党と同じ政策しかできない。ならば、自民党のほうがずっと場馴れしているし、金融政策や産業政策のツボを心得ているから相応しいことになります。これが、現在の国民大衆がどうしようもない保守党に票を入れている理由でしょう。

▼▼親子という世代間の距離が拡がっていけば、それにつれて社会自体も大きく形を変えていくことになります。同時にまた、社会の変化を引き受けながら、親子関係はさらに変わっていくという面もあります。その場合、国家という問題が出されて、国家と社会の関係はどうなんだとテーマを立てる人もいますが。

吉本　僕は、国家を抜きにして考えます。国家より社会のほうがはるかに大きくて重要ですから。個人は社会と二十四時間さまざまに関係していますから、時間的にみても国家より大きい。極端に言えば、僕は国家という概念をすっ飛ばしてもいいという考え方になりますね。

先日テレビで、親の世代と子の世代を集め、筑紫哲也が司会、野坂昭如がゲストの討論番組がありました。親と子の世代が互いに意見を述べる番組でしたけれど、そのなかでゲストの野坂昭如や司会の筑紫哲也が「このままでは日本国は滅びる」という意味のことを言ってました。僕からすると「何なんだいったい」ということになります。日本国が滅びるか・滅びないかを決めるのは、いまの非民主的な日本では、九九%までは政治家の責任で国民大衆の責任ではありません。筑紫哲也や野坂昭如は進歩的な人たちだったですよね、だから「日本国が滅びるか滅びないかは問題にならない以下の問題で、国民が現在より自由で豊かになるのが、第一義の問題だ」と言うかと思ったら、そうじゃないんですよ。「日本国を滅びないようにするためにはどうしたらいいか」と議論してるんです。番組に出ていた若者まで「自分が大人になる頃には、必ず日本国を滅びないようにする」とか言ってました。

僕は日本国家が滅びたっていいじゃないかと思っています。少なくとも、日本国が滅びるか滅びないかという問題は第二義以下の問題です。国家が滅びたって民衆が現在より豊かになって自由になるならそれでいいじゃないか、それが理想じゃないかと、とことんまで言えば僕はそう考えます。第一、国家を滅ぼすかどうかの責任は、政治的国家の首脳（政府）の責任です。一般の国民が責任をとるような機構にはまったくできていないでしょう。

番組のなかで、ある若い人が親の世代をこう批判していました。「親たちは若い頃に多くの制約があって自由に発言も行動もできなかった。だから自分の子どもに道徳的なことを説教する。でも俺たちは、自由奔放に振る舞えるから、将来は自分の子どもに道徳的なことは説教しない」と言うわけです。こういう子どもに限って、将来は道徳的な説教をする親になるに違いないと思いますけどね。

それに対して親のほうは、「お前たちは食うに困らないから、そんな太平楽なことを言えるんだ。お前たちがもっと目上の人の話に耳を傾け、社会のルールを守るようになれば、日本国は滅びないんだ」という話の展開になっていってました。さすがに親のほうは「俺たちは食わせてやってんだぞ」とは言わないわけです。お米やおかずを食わせるぐらい、いまは問題にできませんからね。

昔なら「お前ら、食わせてもらっててなんだ！」と叱るところですが、そうは言えないから「お前らは親の世代や年長者の言うことを聞かないから困る」という言い方になるわけです。「ろくなことはしない」とか「勝手なことばかりしている」という説教のしかたになってしまう。そして「日本国が滅びる滅びない」の問題にまでしちゃうわけです。司会の筑紫哲也も、「いまの大人たちが次の世代に何を残すかで、日本が滅びるか滅びないかは左右される」といったことを言うんですよ。

あらゆる問題が「日本国が滅びるか滅びないか」に還元されてしまうわけです。親子の世代的な相違についても還元するし、そこで通用する倫理の問題についてもそうです。そのときは「なんてアホらしいこと言ってんだ」と聴いていましたが、かなり驚かされましたね。呆気にとられました。

僕の本音を言えば「国家が滅びるからこれじゃいかん」というような発想は許せないっていうことになります。それはほとんど百%、政治的国家の担当者が、馬鹿かどうかの問題です。それは石原慎太郎や小林よしのりのようなナショナリストの考え方です。親子がどうした、家族がどうしたという問題は社会問題で、国家の問題ではありません。西欧みたいに「国家」を「政府」の意味ぐらいに捉え、国家がどうなろうと知ったことではないという視点に立つべきですし、それでいいと思います。

山本　個人が労働主体・性主体を営むことで社会が成り立っているとすれば、いまは従来の産業社会や市民社会という「社会そのもの」が消滅しつつあって、逆に個の自由度は高まっているようにみえます。個の自由度、対の自由度が高まっていくことで社会が消えていく、社会が消えることで国家が消滅するという流れが想定できます。国家を支えてきた社会が消滅しかけているから、「国が滅びると大変だぞ」という言い方をするのではないでしょうか。「社会」は近代的な産物で、想像的なものでしかないと思うのですが。個体は社会人だけではないと・・・。

吉本　その考え方は、まるで違いましょう。社会をよりよく運営するために政治的国家があるわけです。（逆ではありませんよ。）欧州共同体が示すように、もう民族国家はたいして大きな意味をもっていません。国家は社会より重要でもなく大きくもない。ただ社会に奉仕するために存在しています。また今後は、次第になくなっていくものだと考えていいわけです。突き詰めれば、国家は問題ではなく、社会における個人、個人の社会生活、経済的な豊かさ、自由度がもっと向上すればいいということです。

しかし突き詰めて考えないで、適当なところで考えを止めれば、「国家を重視する石原慎太郎の言い分もわからないことはないな」と思えてくる。本当言えば、それは妥協というよりは、逃げてかわしていることなんです。

国家の問題があると言っても、せいぜい石原慎太郎が言うように、アメリカの言う通りになんかやる必要はないんだといったくらいのことでね。あまりあっちの言うことを聞く必要はないよ、言いたい主張は言ったほうがいいよっていうだけのことです。日本が国際的に言いたいことを言ったほうがいいのは当然のことです。

それが言えないのは、日本の政治家とか政治政党は、意気地がないっていうか、戦争中のあおりで、「これを言うと世界中から仲間はずれにされるんじゃないか」とか、そんなことばっかり考えているからです。だから言えないだけのことで、それに対してもっと言ったらいいじゃないかという、それだけのことですよ。第二義的なことですがね。

そういうことのために、国家は国家らしく社会や一般社会人のためになるほうがいいとは思いますけれどね。その先までとことん言うなら、現在の民族国家なんて未来に行くほど軽い意味しか持たなくなりますよ。先進地域からね。

★学ぶコメント★

国家と社会と〈生活者の場所〉

吉本思想の語りは、いろんなことが考えるヒントになっていく。この「学ぶコメント」は一つの見解でしかないが、どう理論生産へ深化させていくかのガイドである。

吉本さんとの対話で、大きく三つの本質的かつ歴史的な課題をわたしは背負った。

第一が、「社会主義国」と「社会主義」の違い。

第二が、ここで議論に上がっている「国家」と「社会」の関係。

第三が、共同幻想における「国家」と「場所」の問題。

この三つは、国家論の問題であるが、むしろ〈社会なるもの〉を明証にしていくべき問題構成としてわたしには課せられた。それには、同時期に世界では、「社会的なもの」を問い返す考察が深化していたこともある。

わたしが述べたことに、それはまったく違うでしょうと、なぜ吉本さんは言うのであろうか？　そこに根源的な問題が未踏のものとしてあるのだ、とわたしは考えた。

吉本さんが「社会」と言っているものは、個々人が生活している場を指している。それを、わたしは「社会」とは言わない、「生活存在」の界と考える。「社会」概念は、ファーガソン以来「社会の自然性」として社会契約論とともに近代における西欧化として実定化されてきたものであり、社会人＝社会人間の社会生活は、本来の生活実在が転倒したもので、結果、個々人の存在を窮屈にしている産業社会／規範化社会と批判的にみなすからだ。ここに、思想的言語と理論的言語との交錯／反転がおきる。

国家が社会に奉仕する、いや社会が国家を作る、どちらが正しいかではない、相互関係する、その把握の仕方だ。

転倒していようがいまいが、個人生活者はそこで暮らしていることに立脚する思想態度は、しかし国家がたいしたものではない、現在の民族国家など未来で軽い意味しかもたなくなる、という見解になるとき、国家のもとで個々人は暮らしているとはならない。国家に対する見解には同意、国家の本質としてそうなる。だが吉本さんは、「社会」を国家より民衆の方にあるとみなして、「国家が滅びたって民衆が現在より豊かになって自由になるならそれでいい」という見解から――この思想的立場は同意する――、「国家より社会のほうがはるかに大きくて重要」であるという認識において「社会」を肯定する。なぜなら「個人は社会と二十四時間さまざまに関係していますから、時間的にみても国家より大きい」からだ、と。

ここには、「現在」を考えるうえでの批判理論思考と肯定思想思考とのせめぎあいにおける、思想的態度と理論的考察との非常に本質的なずれが、考えねばならぬ問題を開示する。吉本さんの批判思考は、「国家は問題ではない」「国家は滅びたっていい」とし、肯定的思考は「社会における個人、個人の社会生活、経済的な豊かさ、自由度」におかれていく。つまり、「社会」と「民衆」ないし「大衆」とは同致されている。

だが現代思想の社会科学的考察は、「社会」の諸現象に対する批判否定的な多様な考察であった。それが、吉本さんの思想的立場からは知識人の戯れ言のようにしか響かないのは、民の存在を無視した知識主義でしかないからだが、ここはいい、しかし、それによって、社会が民自体の存在を、民であることから転倒させて「社会人間」として編制していることは問われなくなってしまう。いつの時代にも生活存在する民があるが、近代社会はそれとは異なる「社会空間」を実定化してきた。個体的存在は、〈社会人〉であることで賃労働主体としてしか生存できない窮屈さにあり、かつ性主体化され家庭が作られる。わたしはこの閾で、論争的な仕掛けをすることを、かなり注意して回避し、むしろそこから逆射される、民の存在様態がどこにあるのかをさぐってきたのだが、それが、「社会」と「場所」とを識別する批判思考と肯定思考との分岐にあるとする理論設定になり、かつ労働者ではない「資本者」としての理論設定となっていった。

つまり社会／社会人を批判否定的に考え、場所／場所資本者を生活者として肯定的に考える。それはさらに、民のプライベートな自由が保障される「パブリックなもの」と自由が規範化され人々が規則従属されてプライベートな自由が押し殺されていく「ソーシャルなもの」との識別になっていく。そこまできたとき、「社会共同幻想」として理論構成される批判闘において、「社会そのもの」を否定する理論思考の重要さを布置させ、共同幻想の国家化は集団的社会幻想から構成されると考えるに至った。

つまり、社会が国家の存在を支えている再生産構造が制度編制と商品経済編制との合体として、規範化社会／産業社会としてある。逆に言えば共同的な社会なくして国家は成立しないよう、社会なるものの空間実定化がなされ、社会人としてしか生存できない窮屈さになっているし、実際に自分の身の回りはそうなっている。いかに歴史暫時的であろうと、そこに現在、生活している。

ここを、わたしはジュネーブでの暮らしから、それがパリやロンドンででくわすあり方とまったく違う体験から確証している。(「社会」は商品がいきわたった社会、労働集中市場社会となっており、それは「資本」世界とは異なる。)

「社会をよりよくするために政治国家がある」という、政治国家としてあるべき仕方の認識には、国家に対峙しえた市民社会があるという、戦争体験批判からなされた思想的省察と、ヘーゲル／マルクスの「政治国家と市民社会」の構造的な識別認識が、市民社会派的なものと全く思想的に異なる位置としてどこかにあるが、吉本「社会」概念空間はむしろ「生活者の場所」を示唆しているとわたしは解する。「国家の社会化」また「社会の国家化」に対して、フーコーの「規範化社会」の徹底した解析における監獄・学校・医療・性の近代編制への批判分析、イリイチの産業社会批判も「制度化された社会」批判として同位相にあるが、ジョン・アーリもジャック・ドンズロも「社会的なるもの」を明証に問い返している。

「国家が社会を支える」、または「社会が国家を支える」その「あるべき仕方」と「構造化された仕方」との認識において、思想的・理論的な対峙がおきていくのは、本質論の位相と諸関係の歴史的表出との相互構成を、いかに本質を逃さずに歴史的考察するか、としてわたしは引き受けた。欧米でも、戦中世代は「社会」の可能性を放棄しない、ブルデューやマッテラルトやゴドリエたちは吉本さんと同じ世代だ。だが、わたしたち戦後世代は社会編制の構築的な窮屈さに叛乱した。自分でないことをさせられる規制が強いられてくる。少なくともわたしは、吉本幻想論を踏まえた上で、国家幻想よりも「社会」が「共同幻想」化されての規範化、そして日常言語を主語制言語様式として集中化している国家資本、つまり「共同幻想の国家化」がなされている様態・構造を明らかにし、その解体が理論生産の要になると見ている。ここは思想的姿勢で処理はできない社会解析の理論次元であるが、自分の暮らしを正鵠に把捉するためだ。「社会空間」へ個体的存在や場所は吸収包摂化されきれないのに、経済商品や制度規範をもって社会生活を営む社会人が、社会幻想を共同幻想の国家化へと構成化する。であるがゆえ、その政治国家は、社会人間のための統治アートを働かすし、パワー諸関係が隙間なく編制されていく。日常生活は商品へ、学校教育・病院医療・加速輸送の社会サービス制度の「便利さ」へと依存・受容していく度合いを深め、バナキュラーな数百年ないし数千年の生存生活が侵蝕され喪失されていく。個人は液状化し、自律性を不能化していく。これは明白な事実である。労働疎外は、搾取の閾を超えて社会保障される疎外王国へと転じられている。つまり、生産物の生産・再生産と生産者の生産・再生産の、経済と制度とが合体した社会物象化の中で人々は産業的な快適生活を営んでいる、ということだ。

　ここが社会表象の表層考察にならないためには、本質規定を踏まえねばならない。共同幻想論における、古事記幻想と日本書紀幻想との神話的差異として解読されるもので、この異なる神話体系を同じだとしたとき「社会幻想」の近代編制が接木されてしまう。この対話時点で、わたしはまだ古事記把捉をしえていないため、ただの知的疎外だと見做されてしまう次元からでていないが、常に理論閾は吉本思想水準に拮抗せねば意味なしとして探究してきた。「社会」機能が完全に途絶えた原発災害地域の鳥居が崩壊したままの神社を見たとき、本質次元までもが崩壊させられる現実を感じたからだが、この対話での逆立がわたしの中で、やっと解かれていく。社会崩壊は津波=自然災害と原発爆発=人為災害による「場所」崩壊において生起する実際現実であると。

　何を吉本思想の語りは言っているのか、そのシニフィアンを領有していかないと、ただの思想家従属になるか知識だけで解析する知識主義になってしまう。

　「社会をより良くするために政治国家はある」、その社会統治技術は、しかし、自然災害、コロナ禍において機能していかない。生活は「社会空間」にはないからだ。「社会」は画一・均質空間として、商品の経済均質空間と合体し個々人の生活生存を一般化してしか考えないからだ。「社会」は「場所」や「バナキュラーなもの」「ホスピタリティ」広義の「資本」の波及なをさせない動きをなす。

批判思考は、社会常識の転倒を暴く。それを知識主義に貶めないためには、常に自分／他者の「実際的＝プラチックな」な暮らしを足元において考えることである。

わたしはキューバ社会主義、メキシコ革命の実証研究から、社会主義は「社会」想定したものでしかないゆえ社会主義「国」にしかなりえないと確証しているし、また国家的な共同幻想に対峙する「場所共同幻想」を古事記考証から確証している。そこから共同幻想国家論を「国家資本」概念とともに批判明証にすることへ至る。自分では、吉本思想をふまえて開きえたと思っている。

吉本さんの思想的態度は、日々生活している現実を肯定することから考察され、そこからどうしても肯定できないものに批判の目を向けるといってよいだろう。だが知的な批判考察は「自由の幻想」を暴きだすことから疎外的になされる。それが浮き足だたず知識主義に堕しないためには、本質と実際生活を自分のこととしてふまえることだ。本質への考察も知的疎外表出である、そうすることと歴史的規定世界へ知的疎外表出することとを同致考察し切ることだ。大学人言説・批評家知識人の偉そうな知的言動、自戒なき考察などは容赦なく喝破されるべきことである。するとここで語られたフリーターとは、労働力を売り渡す賃労働から自由度を獲得しているが、資本者としての自己技術を領有していないあり方ということになる。資本と労働の分節化に変わりはない。

国家と社会との問題閾への判断やさらなる考察は読者に委ねよう、自らの立場を画定していくうえで要となるところである。吉本政治思想をポジティブに生かして、政治国家理論へ結んでいく上で、また社会科学的な批判解析の限界を超えていくうえで、「社会」をいかに位置づけるかは、非常に本質的なところになる。幻想論と表出論を拡張して歴史的・社会的考証に活用していくことだ。幻想や理念が、経済制度が超資本主義へと高度化しようとも、上に乗っかってきうるのは、本質的にそうであることと歴史規定的な「社会幻想」作用としてもそうなりうるゆえ、生活へ浸透し切っていく。今も主語なき日本語を語り書いている生活人は、制度生産効果の「社会」人として主語学校文法を認知・認識構造に入れ込んでいる、それが主語制言語様式（＝人間主体化）の集中化の結果としての「国家資本」を構造化し、共同幻想にまで仕上げて社会統治している。歴然とした実際である。助動詞転移は数百年ごとに、助詞転移は千年に一度ほど、それを同時に言語転換した近代「社会」である。

現在への発言❷

日本の特殊性の中に普遍を探る

日本の歴史ブームとナショナリズム

談話収録▼二〇〇〇年十一月十八日
聞き手▼編集部

■歴史本ブームにみられる日本再評価の動き■

▼▼世界的な金融制度や会計制度や自由競争市場の問題をめぐって、グローバリズムのあり方が大きな問題となっていますが、その一方で、日本の歴史をもういっぺん見直してみようといった日本再評価の議論が盛んになっています。そうした日本の歴史をめぐる議論は、進歩的な人たちの内部にも保守的な人たちの内部にもそれぞれあって、さらには進歩的な人たちと保守的な人たちの間でも活発に行なわれるようになっています。

二〇〇〇年の代表的なところでは、「新しい歴史教科書をつくる会」会長の西尾幹二氏が研究会の成果をもとに『国民の歴史』（産経新聞社）を書いて七五万部以上売れ、その一方で網野善彦氏が講談社の新しい「日本の歴史シリーズの最初の巻として『「日本」とは何か』（講談社）を書いて好調な売れ行きを示した、などの情況があります。

日本がいま経済的にも国際外交的にも落ち込んでいるので、この際日本を見つめ直してみようということがあるのかもしれません。また若い人たちの間では、歴史の教科書は面白くないけれど、西尾さんたちのは面白いという声がかなりあるようにも思います。

一つには、こうした「日本の歴史」を再評価しようという風潮について、吉本さんはどんな感想をもっておられるかをお聞きしたいと思います。そしてもう一つは、西尾さんたち「新しい歴史教科書をつくる会」に代表されるような「国民の歴史」といった歴史観について、それから網野さんたちに代表されるような、そもそも日本という文化的なまとまりそのものを疑っていくような「日本論」について、どのように考えておられるかお話をうかがいたいと思います。

吉本　その西尾さんの本も網野さんの新しい本も読んでいないんです。たしかに学校で習う歴史は昔から表面的で、暗記ばかりでちっとも面白くありませんね。でも、もっとうまく書かれた本で歴史を勉強したら、それは面白いということになるわけです。とくに西尾さんは文章がうまくて、概念をよく砕いて書きますから、そういう面でも広く受け入れられたんでしょうね。西尾さんが書かれたもので、ベルリンの壁が崩れたときに、そのへんのことを書いたものをいくつか読んだことがありますが、よく書いてあるなと思いました。

網野さんの文体はそれほど柔らかいものではないですから、よく読まれるといってもそんなにたくさんというわけでもないでしょう。もともとはロシアのマルクス主義と柳田国男と両方から影響を受けている人ですね。

最近はいわゆる進歩的な人たちにも、「日本」に対する関心が強いらしくて、「このままでは日本が滅びる」みたいな発言がけっこう目立つようになってきました。これはとても興味深いことで、実は似たような状況が戦前にもあったんです。僕らより二、三年、年取ってる人だったら、そのへんをしっかり体験しているんですね。

ちょうど日本国が太平洋戦争に入るか入らないかという時期です。当時の進歩的な人たち、つまりロシアのマルクス主義の影響を受けている人たちが、いつの間にか、今と同じように「日本の問題」を盛んにいい出したんです。そういう意味では、最近は当時と似たような時代にだんだん入ってきたのではないかという感じがしています。ご当人たちに聞いてみたわけじゃないですが、進歩的な人たちが「日本」を強く意識しているのは確かなようですね。

▼▼戦前の場合は、どんなふうに「日本の問題」が論じられたのでしょうか。

吉本『試行』の同人だった村上一郎さんは僕より四歳上で、当時は一橋大学の学生でした。太平洋戦争に突入する前後のころ、この年代の左翼系統の人たちは政治的に潰れていたんですが、学生の読書会とか研究会みたいな形ではかろうじて余韻を保っていました。僕には直接の経験はないんですが、そういう時代のことです。

その当時、労働組合は統合され、労働者はみんな産業報国会に編成されて生産現場で働いたわけです。左翼系の文学では、労働者文学といった形で主題に重きが置かれていた時代ですから、そこで彼らは生産文学ということをいい出したんです。ようするに、労働者が生産している現場を、主題として労働者を扱うんだというわけです。それは労働者文学の延長だからいいんじゃないか、みたいな感じで生産文学というのをやっているうちに、だんだん戦争に入り込んでおかしくなっていったんです。それがはじまりです。

そこから、軍需品を生産している現場の労働者を肯定的に描かなくちゃならない、といった感じになっていくんです。そうなると、これはもう同時に戦争を肯定的に描くことになりますね。軍需品の生産も現場の労働者の生産に変わりはない、だから軍需品の生産だって、それは労働者の生産行為として否定すべきではない。ロシアのマルクス主義的な人たちや共産党員たちはそう考えていったわけです。

こうしていつの間にか、右から左まで戦争一色になっていきました。僕らの年代はそんなふうに戦争一色になったあとに、青春期の自我の目覚めを体験していくわけです。

当時は、産業報国会や周辺の会で、名だたるインテリの先生方が学校に頼まれて、時々講演に来ていました。軍国主義一色の時代ですから、誰もが同じような民族主義、日本国至上主義、東亜共栄圏確立を語っていたわけですが、それでも「こいつは単純なことをいってる」と思える人と、「やけに緻密だな」と思える場合との二通りがありました。緻密ないい方をする人たちは、少し前まで左翼系だったというのがすぐにわかるんです。僕は左翼活動を体験していないのに、どうしてわかるかは不思議なんですが、話される内容がどことなく「これはちょっと今どきにない型だな」と思えるんです。戦争を盛んに賛美しているんですが、「このいい方は今まで聞いたことがない。これは何だろう」と思える人たちが、元左翼系の人たちだったんですね。

僕らの年代になりますと初めから軍国主義でしたが、戦後に『荒地』という同人誌で一緒だった鮎川信夫など少し先輩筋の人たちは、マルクス主義者ではなくリベラリスト、自由主義者でした。彼らはそういう右から左まで戦争一色になっていく時代を知っているんですね、知っていて、そういう空気を吸ってから軍国主義の時代を迎えた世代です。

戦中派は二、三歳違うとかなり体験が違っているんですが、それでも共通の空気はもちろんあって、僕らにも何となく了解がつくところがありました。だから、「これまで聞いたこともないようないい方をする、緻密だな」と感じると、なんとなく元マルクス主義者じゃないかって推測できたんです。本当にそういう空気を知っている人と一緒に同人誌などをはじめたのは戦後になってからです。

軍国主義者たちは「大東亜共栄圏の建設」といってましたが、左翼系の人たちは「東亜協同体」というういい方をしました。三木清が典型ですが、あの人は戦争がはじまると「東亜協同体論」とか「協同体の建設」とか、そういういい方をするようになりました。みんな根本のところはだいたい同じで、ただニュアンスがちょっと違うだけだという、そういう時代になっていったんです。

▼▼戦争中に左翼系の人たちがいっせいに右翼のほうに移っていったということは、戦後の吉本さんの重要テーマでしたね。

吉本　そうです。どうしてそうなっちゃったんだろうかということを、僕らは戦争が終わってからしきりに考えたんです。そうすると、ヨーロッパでも同じことがあったんですね。社会思想家のシモーヌ・ヴェイユが書いてますが、彼女はちょうどナチが勃興してきた当時のドイツにいて、共産党員がどんどんナチの党員になっていくのをつぶさにみていて、そのことを書いています。日本にも同じ現象が起きていたわけです。

それじゃあ、日本ではいったいどういうことでそうなっちゃったんだろうかということです。

まず日本では、貧困な農民たち、とくに東北農村の疲弊をどうやって救済するかということが、右翼や軍国主義にとっては重大なテーマだったんです。上層部の人たちはそうでもないんですが、二・二六事件や五・一五事件を引き起こした青年将校など、ラジカルな軍国主義者や民族主義者たちは、日本は農民国家だということからその問題をとても重要視していました。貧困な農民層は、飢饉になるとたちまちのうちに困窮してしまう、そういう彼らをどうやって救済したらいいかということが、重要なテーマだったんです。

ここだけを取り出せば、左翼も右翼も区別ができないんです。軍国主義だろうがマルクス主義だろうが、両方ともいいことをいっているんです。軍国主義的な要素が強くなっていく過程で、そういう貧困な農民層の救済が大きくアピールされていったんです。僕らはそれを、マルクス主義からアピールされたんじゃなくて、軍国主義からアピールされたわけですが、非常に実感に適うところがありました。

ここは重要だと思えます。貧困な農民層の救済が当時の重要なスローガンの一つになっていて、僕らもこれは重要だと思いましたし、そこで軍国主義に共感していったということが一つにはあります。

たぶん共産党員から右傾化していった人たちも、そこでやられたんですよ。文学でいえば、労働現場の人々を描くことで戦争を肯定的に捉えていったのと同じです。そういうことをやっているうちに、いつの間にか、左だったのが右になっていったんです。なぜかといえば共通だからです。ラジカルな軍国主義とラジカルな左翼は同じなんです。

その共通なところをテコにすれば、すぐ左から右へ移れるわけです。実際にその通りになりましたけど、戦後になって顧みると、その状態はヨーロッパよりひどいと思います。それに、自分たちがよく理解しないでというか、わからないで同調してしまったなと思います。それで、軍国主義が「貧困な農民を救済するんだ」といえば、「そうだ、そうだ」という共感になっていっちゃったんです。

ヨーロッパはそんな時でも、市民社会はかなり強固に成立しています。文学でいえば、トーマス・マンのような市民的な文学がちゃんとあるわけです。右でも左でもない社会人としての生活感覚、恋愛や人間関係の葛藤といった問題がとても成熟していましたから、社会のそういう部分が緩衝地帯になっていました。

日本では、緩衝地帯があっても少ないんです。戦争中は誰もが軍国主義的な主題に移っていきました。日本でも大正時代には、どんな日常生活を送っていて、恋愛があって、人間関係があってみたいなことを書いた、市民社会の匂いのある文学はあったんですが、それもあまり熟さないうちに幕を閉じました。代表的な作家といえば、明治では漱石であり鴎外であり、大正から昭和にかけては有島武郎などごく少数です。

緩衝地帯となる中間が非常に貧弱ですね。ですから、最後までひどいことはあまりいわなかった少数の人たちはいましたが、それ以外はみんな左から右へ、すぐにすっ飛べるようになっていたわけです。

ただ、その共通のテコになったことは、けっして悪いことではありません。両方とも悪かったわけじゃないんです。軍国主義的な人たちにも、「貧困な農民層を満州へ移住させて開拓農民にするんだ」という役割を強調する人たちがいましたが、その意味では同じことをいっていたんで、そこでは軍国主義が悪いことはないのです。軍国主義は悪いことばかりいっていたというのは、戦後にいわれた嘘で、そんなことはなかったんです。

もし悪いことばかりなら、賛成する人がいるはずはありませんからね。そういう共通なところになると実感に適いますから、そこを軸にすると、もう中間の日常的な市民生活なんかはすっ飛んでしまって、一気に非常時だというところへ移ってしまうんですね。

▼▼西尾さんたち「新しい歴史教科書をつくる会」の人たちは、当時の右翼的な側面を高く評価している印象があります。

吉本　そうですね。一つには戦後への反感もあるでしょう。戦後の左翼系のやつらがいうことは粗雑でお話にならないと、それで、小林よしのりなどが「いまの世の中はけしからんじゃないか」と考える傾向も、戦前と同じようなことがあるような気がするんです。西尾さんは優秀な人だと思いますけれど、もう少し日常生活が大切だということを考えたり、強調したりしてください、といいたいですね。それ以外では、なかなか妥当なことをいっていると思いますけれど。

■左翼から右翼へと飛躍できるのは「普遍性」を獲得していないから■

▼▼西尾さんたちの歴史記述では、社会生活よりも政治的な制度の流れに注目して、戦前の日本国は間違ったことはしていない、その点では日本国は正しいことをやったんだというふうに描いています。

吉本 半面は真理だともいえるわけですから、そこが一つの軸でしょう。

もう一つは、日本のマルクス主義者の罪ではなくて、スターリンの一国社会主義の罪だと思いますね。社会主義の概念には、社会を尊重することはあっても、国家を尊重するという考え方はないんですね。社会主義ならいいのが当たり前で、それで極端なことをいえば、テーマは世界革命だ、世界同時革命だという理念になるわけです。しかし、そんなのは夢みたいな話じゃないか、もっと現実を見ろということで、一国社会主義を進めようということになっていっちゃう。ところが、国が存在する限りは社会主義社会は成り立たないわけです。

だから、そこが嘘なんです。でもスターリンは、一国ごとに社会主義国にしていけば、やがて全世界は社会主義になるだろうという考え方を編み出したわけです。それで以後の歴史が、世界を社会主義圏と資本主義圏に二分して、一方のリーダーはアメリカで、もう一方のリーダーはソ連だというふうになっていったわけです。

この、一国ずつ社会主義国になって世界の国の半分以上を占めればいいんじゃないかといったスターリンにはじまる考え方が、戦争中に左から右へと移っていってしまった諸悪の根源だと僕は思いますね。

いまでもはっきり正解を出している人はそんなにいないと思いますが、一国社会主義が成立しないのは、理屈上は当然のことなんです。レーニンは真っ先に『国家と革命』で「国家がある限りは階級はなくならない」という意味のことを書いていますから、よく知っていたと思います。ところがスターリンの考えは、一国社会主義は可能なんだ、だからソ連という社会主義の国家を先につくっておいて、順次に一国革命を進めていけばいいんだ、やがて世界の国家は社会主義国ばかりになる、という考えです。

マルクスでもレーニンでも、資本主義が老朽化した先進国から順々に革命は進んでいくのだから、先進国で勢いをつけていけば、実際は一国ずつの革命でも、理念として世界普遍性を失わなければ世界革命はできるはずだという理屈なんです。スターリンはなかなかそうはいかないから、一国社会主義という理念をつくってしまったわけです。実際にはそれでもいいのですが、理念はいつも世界普遍性を視ていなければならないんです。

実際問題とすれば一国ずつの社会主義でもいいんですし、それしか可能でないかもしれません。世界的なことをすべて念頭においているんだよ、だけど具体的には自分の国から変えていくしかないんだよと、そういう理解の仕方をしておけばよかったわけで、それですむことなんです。理屈では先進国から世界同時革命がはじまる、だけどそれは無理だとスターリンは思ったんだと思います。無理だと思ったのはいいんですが、それじゃあということで一国社会主義という理念をつくりだしたんです。

たしかに、実際上は具体的に考えていかなくちゃならないんですが、自国の特殊性だけを問題としているんじゃだめなんです。自国の変革は特殊な一形態だけれども、世界革命の一形態だという観点がちゃんと繰り込まれていて、だからイメージにあるのはあくまで世界革命なんだよ、というふうになってなくてはなりません。世界に共通する考え方があった上で、ただ具体的には一国で進めているということなんだという考えがあればまだよかったんです。ところがスターリンは、一国社会主義という理論をつくって、そっちの方向に革命の理念を変えてしまったんです。

ここまでくれば、ナチスとソビエトはどこで区別がつくのかといったってつきません。ナチスだって一国社会主義だしソビエトだって一国社会主義じゃないか、社会主義と一国社会主義も同じことじゃないかとなって、左翼から右翼へ変わるのはなんということはない、当然悪いことではないと考えてしまうわけですね。これがマルクスやレーニン、トロツキーの理念としてあった古典的な革命の概念の正確な理解だと僕は思います。

▼▼自国のことを考えながら同時に世界的なイメージをもつには、どうしたらよいのでしょうか。

吉本　僕らがよくいう屁理屈をいってみましょうか。現在向きに言い直せばですね。

水の化学記号はH_2Oで、水素二分子と酸素一分子をひっつければ水ができます。専門家がやろうと小学生がやろうと同じ結果が出てきます。これを国の問題に置き換えると、日本におけるH_2Oは何に該当するかと考える。あるいは、フランスのH_2Oはどういうことに該当するかと考える。先進国と後進国についてもそう考えていく。そうすると、各国で個々に違いをもっているにしても、その国ごとのH_2Oが何を意味しているのか、それがよくわかっていれば、自国のことを考えながら同時に世界的なイメージをもつことができます。そうなっていれば、革命は一国ずつでやると考えていいわけです。実際には一国ずつでしか進められないのだから、それでいいんです。

H_2Oのような普遍性を失うと、一国の特殊性も普遍的な部分もすべて一緒になって、民族や国家の問題になってしまいます。

ですから、たとえば網野さんが北陸の豪家の古文書を調べて、日本海沿岸の社会構造と海との関係を考えたりしていると、「それ、右のほうの人たちがいってることとどこが違うのか」となりやすいのですが、そう見えたってH_2Oのような普遍性が網野さんにあればいいわけです。普遍性があれば、ある特定の地域を研究しようと、ある特定の民族を研究しようと何らかまわないんで、問題にはなりません。でも、もし網野さんが世界普遍性を考慮していなければ、西尾さんたちと同じになりますよ。今はそうなっていなくてもそのうちなりますよ。

この点はとても重要な問題だと思います。戦後になって僕らが、「戦時中はそれほど悪い考え方をしているつもりはなかったのに、どうしていつの間にか軍国主義、天皇制主義みたいになっていっちゃったんだろう」と考えたのもそこなんです。

どこが悪かったのかという一番の考えどころは、やっぱり世界に共通する普遍性をもちえていなかったところです。民族や国家は現に存在しているんですから、民族を尊重したり国家を尊重したりするのは結構なんです。ただその「結構」は、民族や国家の特殊性も普遍性も混同していっしょになっちゃったところでの「結構」だったんです。そうじゃなくて、自分の国や民族を考える時には、いつでも他の民族、他の国家があるという構造をちゃんと考慮に入れているよ、というのがなくちゃならなかったんです。そうじゃないと、国民といおうが、日本といおうが、日本民族といおうが、みんな同じ意味になってしまう。左翼も右翼も同じになっちゃう。

そういうところで、網野さんがどこまで違いを出していけるかは、これからの問題だと思いますね。普遍性だけでいえば、たとえば柳田国男には「常民」という概念があります。つまり、農民などはいつでも変わらないという概念ですね。政府が右に傾けば右に行き、左に傾けば左へ行く。別に文句もいわないよということですね。網野さんは半分は柳田国男のお弟子さん筋の人だから、その「常民」についてどう考えているかは知りたいところです。「常民というのはけしからん、やはり階級はある」と考えていると、ロシアのマルクス主義と同じになる可能性があるわけです。

■ロシア・マルクス主義の粗雑な天皇制のとらえ方がもたらしたもの■

▼▼民族というのは現実に存在するのに、戦後は民族というとそれだけで右翼だといわれるような風潮が生ま

れましたね。

吉本　先日、フランス人の知り合いから「あなたの文章を読むと、時々『わが国』と書いてある。『わが国』というのは右翼しか使わない言葉ですよ」といわれました（笑）。「やっぱり日本国と書いたほうがいいですよ」っていうんですよ。「はあ」って思いましたけどね。彼らにいわせると、「国民」とか「民族」とかいうときには、よほど気をつけたほうがいいよ、ということなんですね。

マルクスの農業論をわりあいに丁寧に読んでいたときに、戦時中の自分の考え方を肯定するような部分に出合いました。マルクスは「後進国の革命は、必ず民族主義的農民革命になる」という意味のことをいっているんです。必ず民族主義的になるなら、しょうがないじゃないか、僕はそんなに悪くなかったんじゃないかって思いました。そういうと誤解されるからいいませんけど。

戦後の日本共産党を中心とする思想だと、国民の多くは軍国主義に騙されて戦争へ行き、大勢が無駄死にしたというニュアンスです。僕はこれが嫌で嫌でしょうがなかったんです。実感的に嫌だというだけじゃなくて、このいい方はダメなんだと思ったわけです。宮本顕治のように十数年牢屋に入っていた人は何人かいたかもしれませんが、軍国主義の下で兵士として戦地で死んだ人は百万人単位でいたわけです。

それを愚かといえば愚かでしょうが、僕らも愚かだったからよくわかるんです。Ｃ級戦犯で引っかかったような人が、銃殺される瞬間にやっぱり「天皇陛下万歳！」と叫んだりするわけです。これほどアホらしい話はないといったって、僕らにはよくわかるんです。

僕らは、こういう百万人の民衆を基盤に歴史を考えていかなきゃダメなんだと考えたんです。何人かの牢屋に入っていた連中を中心に考えたらダメなんです。百万人単位で普通の兵隊さんとして戦争に行った人たち、そうやって死んでいった人たち、また死んでも目覚めなかったという人たちがいるわけですから。これを基盤にしない歴史観はダメだという考え方を、僕らは戦後の初めから確固としてもっているんです。

▼▼「国民は騙されていた」式の考え方の根本にあるのは何なのでしょうか。

吉本　一つには、ロシアのマルクス主義が、非常に粗雑だったことが原因です。たとえば彼らは、日本の天皇制について西欧並みの王権と同じレベルで考えていて、現在は立憲君主制だと西尾さんたちはいっています。それではスターリンの二七年テーゼや三二年テーゼと同じです。そこでいえることしかいっていないんです。僕らも敗戦後の初めのころはなんとなく納得していたんですが、よくよく考えてみれば違うところがたくさんあって、天皇制はとても同じレベルじゃ考えられないんです。

それから、マルクス主義的な考え方では、東洋的専制主義という理解があって、そのなかに日本の天皇制も含めて考えちゃうんです。たとえば中国やインドは地域が広いですから、そこから考えて、東洋的社会というのは農耕に役立つ灌漑工事などはすべて王権が請け負い、一般の農民なんかはあんまり関与しないので、水利社会とか水力社会とかに分けられます。世界のマルクス主義は、そういう考え方を取ってきましたが、日本にはちっとも該当しないんです。あまりにも小さい島国ですからね。

日本では、溜め池を掘って雨水を蓄えたり、斜面に堰をつくって雨水を溜めたりして灌漑用に使う程度のことでよかったんです。だから国家の力なんかそれほど必要がなくて、村単位の技術や労力でも水利はだいたいやってこれたんです。宗教的な伝説でいえば、弘法大師などが諸国を漫遊して、杖を地面についたら水が噴き出してきたという、まあそのくらいのことで灌漑用水や飲み水が得られたわけです。

それなら「東洋的社会は水利社会と水力社会に分けられるんだ」といっても何の意味もないじゃないか。そういう疑問が途中から湧いてきたんです。それじゃあ、何なのかということを自分で考えてみたわけです。結局のところ天皇制は、インドから東の海岸や島、山岳地帯の辺境国家にみられる、生き神様制度の一つなんですね。里の生き神様と頂点にいる生き神様を、制度的につなげていくと日本の天皇制みたいになるな、日本の天皇制はだいたいこの類型に入るなと考えてきたわけです。

ソ連のマルクス主義は、普遍性でわかるところだけを適当にいって、各地域の特殊性のなかの普遍性が、ちっとも見えていないわけです。ここは、僕らが一所懸命に考えてきたところです。

宗教的な役割と政治的な役割の両方を王権としてもつのが、生き神様の頂点です。村里にも同じような生き神様が何人かいて、人々が何かやるときにはお伺いを立てる。沖縄の官制巫女だったノロや村里のユタなどがそうですね。これを制度的に体制的につなげていくと、強い勢力をもつようになる。日本の天皇制はそうした類型の一つだと僕などは考えているわけです。

社会学者のマックス・ウェーバーは、「プロテスタンティズムの倫理と資本主義の精神にはある対応性がある」といっています。それはそれでいいんですが、その程度の考察でやめてしまってはダメだと思います。

イスラム教圏や日本のような、中国を除くインド・アジア的な地域については、生き神様制度的なところがありますから、それが資本主義のなかでどんな意味をもつのかという視点が必要です。そこまで緻密に考察を深めていって、キリスト教の倫理と資本主義の精神は対応するっていう西欧的な形態とどう違うのかをはっきりさせないと、おかしな普遍主義で一括されてしまいます。

ロシア・マルクス主義の世界性は、資本主義とプロテスタントの倫理に対応性があるという程度までしかやっていないし、王権といっても西欧の王権と日本なんかの王権とはまるで違うところがたくさんあるというところまで、丁寧に追究して振り分けることは全然やっていません。政治的にも、同じような押し付けをあちこちにやるから、至るところで反発を招くことになります。

またその一方では、キューバや中国などの後進国社会主義を肯定的に、つまり民族社会主義や国家社会主義を社会主義として肯定的に容認することになってしまいます。そんなの社会主義でも何でもないというのが本当だと思いますけど。

日本とか日本人とかについても、いまだに粗雑なとらえ方しかできていません。たとえば、日本へ来た西欧人から「日本はハイテクが進んだ資本主義の社会でありながら、同時に古典的な茶の湯や活花のような文化があり、それらがうまく融和していて素晴らしい」といったお世辞をいわれて、それですんじゃうようなところがあるわけです。僕は「冗談じゃないよ」と思うんです。

そういうことについてきちっと押さえるには、「上部構造は下部構造に従って変化するものだ」とか「ある対応性がある」という程度のことをいったって、全然意味がないんです。上部構造と下部構造の関係をいうなら、もっと徹底的に解体させてやらないとダメです。それは、これからの問題になると思いますね。

西尾さんたちの歴史教科書の考え方に対して、旧来のマルクス主義や同伴思想で反発したり反論したりする人たちをみていると、また同じことをやっているな、もう少し緻密にやってくれよ、という気持ちになります。それじゃあ戦前と同じことだよ、同じところへ行っちゃうじゃないかと、そこが一番引っかかるところですね。これが戦前・戦後に遺制としてある古典左翼思想に対して総括すべき主なポイントです。

■言語学から日本人の起源を探っていく方法■

▼▼日本とか日本人を考える場合には、どうしても「日本語」という領域が重要になってきます。言語には明らかにある種のテリトリーがあって、われわれは日本語で思考し、文学を産出し、研究し、コミュニケーションをとっています。海外のものもよほどのことがない限り、日本語に翻訳して読んだり考えたりしています。この領域をどう考えたらいいかということが、日本とか日本人を考えるには最大の問題ではないかと思うんですが。

吉本　日本の国文学者――とくに古典の国文学者には、まるで日本語が世界中どこでも通用する世界語であるかのように思っていて、それをちっとも疑っていない調子で、古典の研究を記述するみたいなところがあります。そういうやり方の研究を僕らが読むと、どこかがみんな閉じられていて、どこにも抜け道や出て行く道がないという感じがするんですね。

唯一、そうじゃないやり方ができているのは折口信夫ですよ。

折口信夫は徹頭徹尾、文字で書かれた最も古い日本語から、想像力で起源を探っていくという方法をとっています。最古といわれる古典には『古事記』や『日本書紀』があって、その少し前には宣命や祝詞があるわけですが、それらの日本語から一番古い日本語を探し出して、そこから想像力で遡っていくというやり方なんです。ほかには、文献としては新しくて十一世紀ごろに書かれた琉球の『おもろさうし』を使って、そこにわずかに残っている古い言葉や言い回しを探り出していくんです。

比較言語学的な方法で、対象を外側にもっていけば、もっと簡単にそういう日本語の起源が出てくるようにも思えるんですが、折口信夫はそれをやりません。本人も重々承知でしょうけれども、内側からやっていくんです。内側から遡っていって、記述された一番古い言葉よりも、もう少し前まで遡るということをやっているんです。こういう問題意識を持った国文学者は他に見当たりません。なぜこの人がそうなのかはよくわかりませんが、どこかでそういうやり方の普遍性の核を掴んでいるんだと思います。

それでどういう成果があるのかということになるわけですけど、折口信夫の文庫版全集の第一九巻に「国語学篇」というのがあります。これはフランス流にいえばエクリチュール論なんですね。文法でいう品詞は、表現を少し変えたり順序を変えたりすると言葉のニュアンスが違ってくる。そのニュアンスまで含めた意味で古典語を解明しているのが「国語学篇」です。

しかもそれを、インド・アジア語的な言葉に対して、アジアネシア語といったらいいようなアジアの島々の共通語と重なるところのある日本語について、そういうエクリチュール論をやっているんです。

そういう折口さん的なエクリチュール論で役に立つところがあるとすれば、もう勘で行くしか使えないんじゃないかって、僕なんかにはそう思えるんですけれど、そこまでやっているというところからくるリアリティを感じるんです。インド・ヨーロッパ語のエクリチュール論ではなく、インド・アジアネシア語のエクリチュール論です。

日本語の起源を探る場合は、折口信夫のように内側から自分が入ってバーチャルな世界としてみていく方法と、まったく客観的な対象物として外側に置く日本語学の方法と、両方から探求しないといけないという考え方が浮かびます。ようするに、比較言語学でわかっている限りのことを使いながら、日本語を大ざっぱに位置づけていく外側からのやり方と、折口さんみたいな内側からのやり方と、両方をうまく合わせていかないと、ちょっと間違えちゃうぜっていう気がします。

それができないと、日本語はいつまでも普遍性の部分だけしか出てこないことになり、セイロンのタミール語だとかパプアニューギニアだとか、とんでもなく遠く離れた地域の言葉と似てるという話にもなってきます。

折口信夫は、比較言語学のような外側からの知識は一切使わないという方法に固執したわけですが、僕はそれで一定の成果をあげているなと思います。

▼▼吉本さんが書かれていますが、柳田国男の方法もそうですね。

吉本　柳田国男も民俗や風俗習慣について、外側の知識をあんまり使わないで、外との比較もとくにやらないで、やっぱり内側からの視線を重点に見ていくんですね。そうすると、日本の内側から見ていったことと、外側から民族学的・人類学的に追求していったこととは、ぴたっと一致しないで必ず空隙ができちゃいます。この空隙をどういうふうにしたらいいのかということが、よくわからないんです。

本当だったら、空隙がないようにできたら一番いいと思うんですけど、それはこれからの課題になりますね。でも、今のところはだめです。どうしても外からの考察と内からの考察の間に空隙ができちゃいます。そこは実感でして、言葉でうまくいってやろうと思うんですが、なかなかうまくいえません。

たとえば柳田さんが、紀州、和歌山県の山林では樵夫が苗を植えて、それが丈夫に育つようにということで、幹を叩いて「大きくなれよ」というんだとかいうわけです。すると、その手の習慣はフレーザーの『金枝篇』を見ると、世界各地いたるところにあるんだっていうことになってきます。しかし一般論では、紀州の樵夫さんの心性から吐き出された言葉をいい尽くせないでしょう。僕の実感ではそこは一致していなくて、空隙があって埋まんないんです。そこが埋まるようにならないと、だめなんじゃないかなって思っていますけれども。

▼▼オリンピックの競技で日本人が優勝し、テレビで日の丸が掲揚されると感激する。またはサッカーのワー

ルドカップで、日本代表が勝ち進んでいくと嬉しい。こういう心情と、概念としての「日本」とは違うわけですが、そのへんはどう考えていけばいいのでしょうか。

吉本　僕は以前、『試行』の同人だった谷川雁からいつも「お前は庶民で単純だ」と指摘されていましたね（笑）。でも僕のほうからいわせると、谷川雁はちょっと無理していたんじゃないかという気がします。

あの人はボクシングの試合などで黒人と東洋人が戦っていたら、「俺はもう徹底的に黒人のほうを応援する」、東洋人と白人の試合だったら「歴然と東洋人のほうを応援する」っていうんです。東洋人が日本人だろうとそうなんです。僕はいつも、「これは無理してるんじゃないか」と思っていましたけどね。

僕はその点ではとてもあっさりしていて、そういう場合はやはり日本人のほうを応援することになるわけです。「いや、俺は違う」と、谷川雁はいつも突っ張ってましたけどね。そういう普遍性というのは、どこかで極限としてはわかる気はしますが、でも谷川雁がいってる感じでは「そうかねえ、本当かねえ」と思えるところがありましたね。

きっとロシアのマルクス主義は、そういうことを教えたんですよ。自分たちの考え方は地域性や地方性に基づいているに過ぎないのに、建て前だけは普遍性だと言い張る。マルクスにいわせれば半分アジアの地域的な伝統に則った考え方にすぎないのだけれども、しかし「これは普遍性だ」といってきた。そういう無理をしているわけですよ。変なところで無理をし、変なところでは固執している。僕は谷川雁も同じだったと思います。

あの人はやっぱり東洋的な根拠地論者なんですね。根拠地があって、そこから東京へ出ていって、何やかやとやって、また根拠地へ帰ってという、そういう感じですね。だから根拠地では、もう絶対的に強いという感じをもっているんだけど、そこから離れて普遍的なところで何かをいうとなると、そんなことといったって、そうはならんよって思えてしょうがなかったですね。

田中角栄もそうだと思いますね。この人は新潟、とくに長岡を中心とするあたりに行くと、もう絶対的に強いわけです。僕も長岡で土地の人と話したことがありますが、もうそこにいる人は、進歩的だろうがラジカルな左翼であろうが、田中角栄の悪口をいう人はいないんですよ。へえ、そういうもんかねえって感心しましたけどね。西郷隆盛あたりからそういう人たちがいたんですが、いまの日本ではもう残っていないでしょう。中国ではそれが残っているでしょうね。中国の首脳たちは根拠地へ帰ったら、まだまだ絶対的な強さがあるんだろうと思いますね。

▼▼これはアイデンティティを見失いかけている反動なのかもしれませんが、歴史の本が読まれることを通して、日本人のルーツを知りたいという欲求が高まっているようにも思えます。それについてはどうお考えでしょうか。

吉本　ルーツを知るところまでいかなくたって、過去についてわかってくるほど、普遍化すれば、先の見通しは当然よくなりますから、その意味では歴史の本が広く読まれることは歓迎すべきことでしょう。ただ、うかうかすると本当はどうでもいい些末な問題にとらわれて、あんまり意味のないルーツ探しをしたりすることにもなります。

たとえば邪馬台国はどこにあったかという問題なんかもそうですね。これには諸説あって、大きく分ければ、近畿地方大和説と北九州説があります。しかし場所の特定を問題視するよりも、邪馬台国はどういう制度をとっていたかという問題のほうがずっと重要だと思います。

制度は目に見えにくいものですから、多方面から傍証的に固めていって、「こういう制度ならば日本では古墳時代以前の原始時代だ」とか「中国なら何々時代だ」とか見ていくことを、僕なんかは重要な問題と考えるんで、邪馬台国がどこにあったかという問題はあまり重要ではないと思うわけです。

天皇家はどこから来たかという問題も、どこから来たっていいわけでしょう。天から降ってきたわけでもないし、地域も広くとれば、この辺以外にないことくらいは歴史からわかります。さも重大そうに考える考古学者や古典学者はいますが、僕らはたいした意味はないと思っています。それよりも、政治と宗教の両方の権力をかねそなえた王権で、村里の拝み屋さんと制度的につなげていっているようなタイプと近いんじゃないかというように、制度のつくり方や類型を求めていくことのほうが重要なことだと思います。

目に見えるところとか、実証的だと見えるようなところでしか問題にしないような歴史理解では困っちゃうんです。僕は共同幻想的な部分しか重要だと考えないところがありますから、よけいにそういう見方は危険じゃないかと気になります。

また、遺伝子考古学のような科学的な歴史理解の危険性も感じます。同じDNAでも、内陸から渡ってきて住み着いた人もいるだろうし、インドネシアやオーストラリアに近い島まで行って、そのあと黒潮に乗ってたまたま日本に辿り着いたという人もいるわけでしょう？　その経路は血液を調べただけではわかりませんよ。あの分野の研究者たちが述べていることをみていると、変な間違い方をしてますね。つまり、科学的には同じDNAだから、同じように最短距離で渡ってきたのだと考えたら、それは違うことになりますね。

そういう間違いにさえ気をつければ、日本のルーツを知りたいという動きは非常にいいことだと思いますね。

▼▼ヘーゲルの歴史観とマルクスの歴史観で、決定的な違いがあるとすれば、どんな点なんでしょうか？

吉本　マルクスは大雑把なところでしか、歴史について考えていないと思います。エンゲルスの歴史観をそのまま受け入れている面が強いわけです。

それは「道具史観」というべきものです。たとえば日本の考古学なら、縄文時代と弥生時代を何で分類するかといえば、たいてい土器の模様など道具の違いから判断します。しかしそれを絶対基準みたいにしたら、僕はそれは違うんじゃないかと思います。たとえば、一九九四年に日本のインターネットがはじまったといわれても、いまだにインターネットを使ったことがない人はたくさんいるわけです（笑）。歴史観のなかに道具で見れば万全だ、みたいな考えを入れていくと少々おっかないよ、という気持ちがあります。

マルクスの歴史観には、原始時代と古代の間にアジア的な段階を入れるなど卓見もあるんですが、一方では「縄文時代から進歩して弥生時代になった」みたいな理解につながることにもなっちゃうんです。ヘーゲルの進歩史観をそのまんま道具に当てはめていったのはエンゲルスの考え方だと思いますが、マルクスは歴史についてはそういうエンゲルスの考えをわりあいによく採用していると思います。

マルクスは、歴史の進歩は経済的な制度が中心にあって、そこが一番わかりやすくて、そこを見ていけば歴史はだいたいわかるんだと考えたと思います。それじゃあ進歩の証は何かといえば、マルクスは生産手段だといっていると思います。生産手段の発達史が、文明の発達史だという考えですね。

ヘーゲルの歴史観は違っていて、結局、人類はどう発展していくのか、どう進歩していくのかという問題を詰めていけば、人間には各時代に生きている現在形のところで、誰もが描ける理想世界のイメージがある。そのイメージにどんどん近づいていくのが、人類の進歩、歴史の進歩だと考えているように思います。言葉でそうはいってなくても、そういうふうに理解できると思います。

そうすると僕には、ヘーゲルのほうがまともじゃないかと思えるところがあるんです。つまり、制度や体制を非常に重く考え、人類が理想としている体制や制度に近づくことが、歴史の進歩を表す目安なんだという考え方は、僕には捨てがたいんです。

それにマルクスは、下部構造の発展に従って上部構造は徐々に、または急に変化するという言い方を手紙のなかでしています。しかし僕は、経済制度を中心とする下部構造がどれだけ発展しても、あるいは高度化しても、そこに未開原始時代にあったような政治制度が重なって存在することは、いくらでも可能だと考えます。この点は自分のなかでもう完全に修正しています。

高度に発達した物質制度の上に、原始的な政治制度が乗っかるといった状態はあり得ます。現在の日本社会は、非常に高度な資本主義経済という下部構造の上に、生き神様信仰の一発展形態である象徴天皇制が乗っているわけです。そういう恐ろしく古い政治制度の遺制が、象徴天皇制という形で憲法に残っています。でも、明瞭に主権在民ですね。立憲君主制ではありません。

自民党の内部にも神話時代からある天皇制の名残がちゃんと残っています。その部分を無視して、自民党はただ保守的だといってたら、ちょっと違うことになりますね。だから、首相が神道の人たちが集まっているところで、選挙用のお世辞で「日本は神の国だ」と発言しても別に驚くことはないと僕は思います。それが日本の保守の本質ですから。

★国家と歴史と場所

吉本さんの語りの難しさは、普遍と実際とを語るときに相互入れ子状態がうみだされるところにある。批判的否定と批判的肯定との間の相互変容がおきていく。まず、スターリンの「一国社会主義」が否定されるが、実際的には一国での社会主義革命としてなされるのもやむをえない、ただ「世界普遍」を捨ててはならないというような論理である。日本の軍国主義もいいことを言っていた、だから民衆から支持された、というところから吉本は軍国主義容認だ、というような表層理解が「情況」をめぐって、反核異論や原発やオウム事件などでも起きてきた。戦争反対と言って牢獄に入っていた数人と、天皇陛下万歳という人をふくめ戦争で死んでいった百万人の民衆とにおいて、前者が正しい行動だとして、後者を愚かだ間違いだという姿勢は、思想的にだめなのだ、ということを、どうこちらがうけていくかである。

知識人が正しい事を言っているからといって正しいということではない、大衆が多数そのように行動したからといって正しいというわけではない、何が本質的に起きているのか見届けろということだ。吉本思想は、そこを常につきつけてくる。そして、吉本さんへの誤認がまたそこに常に派生する。左翼的、マルクス主義的なものがなす効果が疑われるとき、その拒否・拒絶は、根源から立たないとその理念的遂行はなされないということだが、実際では理念は歴史的に裏切られる、と自覚してである。

情況論と本質論との関係から問題構成されうるものがあり、民族の特殊性と普遍性とを混同するな、ということから開けていく理論の閾である。「普遍を失うな」と同時に「粗雑な普遍主義になるな」ということは、「本質」をしっかりと領有して歴史を考えろということだ。

ここで、吉本さんの示唆から理論上の問題構成をなすと、社会主義国と社会主義とは異なるという問題は、社会主義が理念的に想定されており、そこから国家は普遍ではないが「社会」は普遍だとされる。だがその「社会」は歴史的な表出表象であって普遍ではない、つまり民衆の生活存在のことを言っていると転じねばならない。経済制度の発展変化が民衆の生活を規定する。だが、いかに経済が高度化しようと未開原始時代にあった政治制度／幻想がそこに乗っかりうる。この本質と歴史との相互関係を理論化していない考察は浅薄でしかない。だがそこにおいて「社会」を普遍化してしまうと、イデオロギーなき「社会」イズムが規範化社会として日常化され、日本の資本主義企業が組織スターリニズムになっている状態を理念的に肯定することになってしまう。つまり、資本主義も社会主義も共通なものを競い合っているだけであり、そもそも資本主義は真正原理を自ら有していないから、左からの批判をどんどん吸収していくゆえ、社会主義国より社会的な公正を現実化する。

ここをふまえて、わたしは日本書紀幻想の均質画一的な空間構成が近代的な均一社会空間を構造化したが、古事記幻想の多様な場所が残存し、これが〈産業的なもの〉対〈バナキュラーなもの〉の対抗として、〈社会・対・場所〉の構造を編制していると考えた。外部からの人類学的認識として「バナキュラーな存在」を、日本の場所共同幻想としての「国つ神」という内部のあり方と重ねたのだが、イリイチが普遍化した概念としてではない、メキシコのベルトランやアウスティンのメソ・アメリカ神話考察とその場所生活というメキシコ内部の人類学的考察を日本の外部の認識として措定しながら、折口信夫の「精霊」やタマ論とさらに坪井洋文民俗学や古事記の神話から「クニブリ」として対応させていく理論的問題構成だ。吉本思想が抽出した〈アジア的ということ〉を類的に本質布置しないとナショナリズムが入りこんでしまう。それには、実践＝プラクシスを対象にする（牢屋に入っていた数人）のではない、民衆の日常の実際行為＝プラチックを対象にすることを吉本思想は提示しており、それが世界普遍性と通底する。わたしは「幻想プラチック」から、天つ神を天へ配置し、場所の国つ神との共存（制圧）を成した皇孫系神話プラチックの仕方を解読する。天つ神は天皇ではない。前日本語、古謡などの原了解の閾が天皇制の向こう側に、場所ごとの「国つ神幻想」としてあり、それは現在も残滓している。思想的な示唆は、結論・解答ではない。網野史学を評価しながら、しかしそこに残存する唯物史観／ヘーゲル歴史観を歴史理論として批判乗り越えしていかないと西尾史学と同じになってしまう。ロジェ・シャルチエの歴史考察は、ヘーゲル批判から社会史を「社会の文化史」へ転じた。吉本示唆から「場所史学」を打ち立てうる。国家論は、共同幻想論、統治技術／統治心性論（フーコー）、国家資本論（ブルデュー）をふまえてこそ、〈共同幻想の国家化〉の民族的特性を普遍から解読できる。有の場所は特殊・辺境・地域でしかないが、「絶対無の場所」（西田幾多郎）として述語的普遍表出を配置すること、などなど。

現在への発言❸

世界金融の現場に訊く　経済の本性

村山信和（ロンバー・オディエ東京駐在員）＋吉本隆明
談話収録▼二〇〇〇年十二月十五日
聞き手▼編集部（＋山本哲士）

■スイスの銀行からみた日本市場の金融機関■

▼▼本日はスイスに本社のある投資銀行ロンバー・オディエの社員として、いろいろなファンドのマネジメントをされている村山信和さんに来ていただきました。村山さんには、国際的な金融業の現場から、現在の日本や世界の経済、あるいは企業の動向がどのように押さえられているのかといったことについて、お話いただきたいと思います。また、村山さん独自のお考えもあろうかと思います。そうしたお話に対して、吉本さんのほうからいろいろとお考えを出していただく形で、お二人の話を進めていただければ幸いです。

身近な金銭感覚からすると、どうも国際金融というのは距離があってつかみがたいところがあります。そのへんが少し埋まってくることを期待して、まずは村山さんから、自己紹介をかねてお仕事の内容を簡単にお話いいただきたいと思います。

村山　私は金融界の世界に入って十七年になります。大学卒業後に日本の大手証券会社に勤務しましたが、スイスへ赴任したときにいま勤めている銀行が私のクライアントとなり、それが縁で転職しました。ロンバー・オディエ銀行は全世界を対象にして、資産家や企業年金、中央政府といった大口顧客の資産運用に携わっています。たまたま本社はスイスですが、拠点は世界中にありますから、自分たちではスイスの銀行だという意識はそれほどありません。

▼▼世界規模で大口の資産を預かっている銀行ということですね。何か特色といえることはありますか？

村山　特色とはいえないかもしれませんが、私たちの場合は「未来予測はできない」というあたり前の前提に基づいています。投資は成功するときと失敗するときが絶対にありますから、イチローの打撃と同じで、ただ確率を高めていくことしかできないという考え方です。日本も金融自由化に伴って、多くの金融機関が世界中から入ってきました。私からみておかしいと思うのは、彼らがありもしない結果を売っていることです。彼らは「これまで利回り五パーセントという実績がありますから、これからも同じ利回りでいきますよ」と勧めますが、これは未来を保証しないまでも、あたかも確実であるかのごとく……です。資産運用の結果は、あくまでお客さまが自分で出していくものです。金融機関は、結果を出すためのお手伝いをするだけというのが私たちのスタンスです。

日本の金融機関はアメリカのやり方を右へならえして、あたかも自分たちが先頭で旗を持って走り、顧客は自分たちの後ろについてくると考えているようです。「俺たちはこんなに腕がいいんだから、お前らはついてこい」という売り込み方がみられます。しかし私たちの場合、前を歩くのはあくまでも顧客で、お客さんの痒いところにどうやって手を届かせるかという仕事しかできません。なおかつ未来予測は不可能ですから、できるだけミスを減らして、確率を高めるという形でビジネスを展開しています。

最近みかける銀行の新聞広告では、「グローバライゼーションが盛んな当行は、過去にこれだけ利回りの実績を出しています」とアピールしています。たとえば「金利が一パーセントもない時代に、自分たちは十パーセントもの利回りを出してきました」と強調するような広告です。しかし、世の中には利回り五パーセントがゴールの顧客もいれば、十パーセントがゴールの顧客もあります。また、明日すぐに結果を出してほしい人、五年間で結果がほしい人、十年先に結果を出したい人と、金額や投資期間からも多種多様のニーズがあるわけです。そういうニーズに対して、どこの金融機関も応えていないのが日本の現状です。「当行はこれが得意だから、これを買ってください」というのがいまの金融機関でしょう。「これがグローバライゼーションです」というのが意味の通らない嘘ですね。

▼▼ロンバー・オディィエのような銀行は、庶民には利用できないのですか。

村山　私たちの銀行は一般大衆向きではありません。個別に十万円や百万円の単位で運用を託されても、ビジネスとして間尺が合わない業態です。個人的には、広くあまねく対応できないことへの申し訳ない思いはありますが、たまたま業態として、得意先を世界的な大口の資産家や年金に絞り込み、運用の設計図を描いて緻密に実行していくことが基本的な仕事なんです。

吉本　よく大金持ちが資産隠しや政情不安などで資産が危なくなったりすると、スイスの銀行に預けるという話を聞きますが、僕らには「スイス銀行」といえば特別な印象があるんですね。たとえばヨーロッパの先進国がアフリカの国を援助しても、裏ではみんなアフリカの首脳陣がポッポに入れていて、それをスイス銀行に預けて、いざというときに身を隠す……そんな話に登場する感じでスイスの銀行は印象づけられていますね。

村山　たしかに、そういう銀行もあります。スイス全体で秘密保持の原則がしっかりしているだけに、大事な得意先の秘密を守る一方で、わるい人たちの秘密も守ってしまうことになるわけです。スイスには銀行が星の数ほどあります。銀行ごとに特色をもってますから、それぞれビジネスが違うんです。私たちに似た形態の銀行は、最終的には顧客との関係を「好き嫌い」で判断するところがあります。どれだけ大きな資産を持つ相手でも、その人と家族づきあいができるか、お子さんやお孫さんの代までお世話できるかという目で最終的には判断するんです。口座を開設し、最初に資産をお預かりするときの気持ちは、末永くおつきあいできるかという疑似家族みたいなレベルにあるのが特色です。

吉本 スイスには「中立国だ」という印象が強くあるから、きっとそういう偏見が出てきちゃうんでしょうね。

村山 その印象は私たちにとって逆に助かるんです。なんとなくミステリアスな雰囲気、清濁併せ呑むみたいなイメージはすごく助かりますね。

■不況は変化率　調査方法にも問題がある■

▼▼アメリカなどのヘッジファンドがけっこう失敗している一方で、スイスの金融機関は失敗率が非常に低いという印象がありますが。

村山 それは、スイスの金融機関が他の国に比較して顧客の目的に、より忠実だというだけの話でしょう。利回りの目標が五パーセントの人には五パーセントでいいわけですから、無理な投資はしません。顧客のニーズに合わせて設計図を描くという哲学の表れですね。

吉本　それに関連していうと、日銀短観（企業短期経済観測調査）などの調査で、企業の先行きが危なっかしくなってきたと出たりするでしょう。不良債権がだんだん膨らんできて、どうしようかと困っている銀行が増えている。その企業に合併させたり、ふるい落とすみたいにリストラで縮小させたり、そういうことが起こり得るわけです。テレビはあまり悲観的な観測はやらないけど、新聞にはちゃんと出ていますね。

それでいつも不満に思うのは、「不況から脱出したなんて、そう簡単にいうな」ってことなんです。経済企画庁や日銀は､簡単に「不況から脱した､脱した」といっておきながら､時々は「ちょっとした不安はまだあるんだよ」みたいな註をつけながら修正していくわけです。とにかく僕らが、テレビや新聞を観たり聴いていたりすると、ようするに「景気が上向きになったなんて、いつもそんなことばかりいってるじゃないか」という印象になるんですね。

けれども、僕らの実感からいえば、周囲を見渡しても不況から脱したという兆候はちっともない。とくに出版業界などは少し遅れて不況の影響が出ますから、いまはみんなアップアップして「どうしようか」といってますよ。大出版社から小出版社まで、どことなく焦りみたいなものを感じるんです。やたらに原稿の取りまとめなどの督促がやかましくなって、こっちも「放っておくとアウトになっちゃうからなあ」と思って応ずるみたいなところがある。周辺を見渡しても、「景気がよさそうなところはちっともねえや」っていう印象なんですね。だから、はじめから「不況から脱した」みたいなことを言うのは､おかしいじゃないかといつも思っているわけです。

もう一つは、新聞が調査する景況判断などは、だいたい百社ぐらいの主な企業を選んで、その首脳部に「調子が上向きになっているかどうか」みたいなアンケートをとって、まあ五〇パーセント以上が上向きだと答えたら、不況から脱出したことの兆候にしようかとなるわけですね。そんな簡単な方法で判断していいのかというと、僕の判断は全然違うということになりますね。一般のごく普通に働いている人は全国にだいたい一五〇〇万人から一六〇〇万人いると思いますが、この人たちの半分以上が「懐がだいぶ楽になったぜ」といったときに、それは景気がよくなった、不況から脱したと判断しますね。

ところが、周囲を見渡したってちっとも景気がよさそうな人はいないし、盛り場に行っても、夏に海へ泳ぎに行っても、なんか寒々としてるのが現状です。僕らの判断基準からすると、どう考えたってこれは「不況から脱しつつある」という観測は成り立たないよと。全然まだ不況から脱してもいないよ、となるわけですね。その食い違いがあるから、あまり簡単に「景気が上向きになった」みたいなことは言わないでくれと思うわけです。堺屋太一みたいな人もそうだけど、「ばかに調子のいいことばっかりいうじゃないか」っていう印象はありますね。

村山　勘違いされることが多いのですが、不況というのは変化率を表しているんです。これまでテストで一〇〇点をとっていた人が、九九点になると頭にくる。ところが、一点だった人が二点になると大喜びする。むこうは一パーセント減って、こっちは一〇〇パーセント上がっているわけです。それと同じで、数年前まで高価な服を着て六本木でチャラチャラ遊んでいた人が、いまは高田馬場の居酒屋で飲むはめになっていると、この人にとっては大変な不況ですね。

吉本　そうそう、そのとおり。

村山　お金がないといっても、子どもを塾に通わせる費用を削ってますか？　タクシーを一回も使ったことのない人がいますか？　もともとエンゲル係数の部分を超えた領域について「不況だ」というのはおかしな話ではないでしょうか。

吉本　なるほど。非常にはっきりしていて、おもしろいですね。

村山　経済統計的には、株でいえば高値から落ち込んだり、一〇〇〇円で買った株が九九〇円になったら、不況だと認めます。ですが、極端にいえば実際の生活では、食うに困って子どもを売るという事態が起きてはじめて不況といえるのではないでしょうか。不況という言葉の使い方自体が大きな嘘で、メディアが騒いでいるだけだと思うんですよ。

また、日銀短観などで景況観を示すＤＩ（ディフュージョン・インデックス）は、おっしゃるように企業経営者の印象を調査したものです。しかし実際には、経営者本人の考えではなく、企画調査部などの人たちが原稿をまとめて社長は読むだけというケースも少なくないと聞きます。ひどい会社になると、証券会社や銀行の調査部に電話して「どうまとめたらいいでしょう?」と質問するらしいんです。あるいは「うちのライバル会社はなんて言ってる?」と訊いてくる。こんな操作の積み重ねですから、基本的にはその程度のものだと聞き流しておくのが一番いいんです。

吉本 そうですか。実にわかりやすい説明で、聞いてよかったという感じがしますね。経済統計についていうなら、たとえば一〇〇〇人のリストラされた人がいるとしますね。自分の意思に反して、とにかく収入がゼロになっちゃった人たちが一〇〇〇人いる。その一方には、収入が前年度に較べて一〇〇パーセントアップ、つまり収入が二倍になったという人が同じ人数だけいれば、さっきのリストラは帳消しになるわけです。経済統計は、それも勘定に入っちゃってることになります。いくら景況がよくなったという企業が多くても、その裏でリストラがどのくらいあったのか、そういうことがちゃんと明らかにされてなければ、景気がちょっと上向きになったも何もないじゃないかという気がしますね。

■金あまりの状態で金の価値は相対的に下がっている■

吉本 昭和初期の農村にあった「子どもを売る」みたいなことや、別の比喩でいえば「明日食う米がない」でもいいわけですが、つまりそういう事態にかかってくるとき、はじめて不況が問題になるという意味合いにとってよいわけですか?

村山　私はそう思っています。もっと煎じ詰めた話をすれば、そういう貧しい時代のお金にはものすごい価値があったといえます。やっと明日食えるお金がある状態――つまり経済学でいう損益分岐点ギリギリのところが、お金の価値が最も高いところなんです。逆にそれを大きく上まわると、経済用語でいう「限界代替率の逓減」みたいに、仮に給料が二倍になっても、その人はお金を使い切らないで余らせてしまうわけです。だから逆説的にみると、その人が持っているお金の価値は下がっていることになるんです。

吉本　ああ、そうですね。

村山　だから、社会が損益分岐点の状態にあるときは、非常に楽しくて幸せだといえます。お金があってもなくても、「明日はお金入るぞ。おいしいものを食べに行けるぞ」となれば嬉しいし、最もお金の価値が高いわけです。お金がありすぎるときや、反対にないときは全然ダメなんですよ。ですから、ビル・ゲイツみたいなアメリカの大金持ちは、それだけ資産が増えていくともう寄付するほかに使い道はないんですね。彼らにとってお金の価値はすごく低いんです。

▼世界的にいって、お金はあまっているわけですね。

村山 お金があまっているから、世界的にみてもお金の価値が相対的に下がっているわけです。

吉本 そうですね。

村山 富の偏在は資本主義の原動力である半面、本当に偏在してしまった場合は、お金持ちにとっては、お金の価値は下がるというパラドックスに陥るんです。だから長い歴史のなかで、富が偏在する時代と偏在しない時代を繰り返していくのが、人間にとって面白いわけです。いいわるいじゃなくて面白いんですよ。

吉本 半世紀以上前には、不況がきたときに「制度自体に破局がくるぞ」と期待も交えて考えたりしていました。古典的なマルクス主義はそうだったわけですよね。しかし、いまでは景気の山や谷でもって、一国の制度が変わってしまったり、ひっくり返ってしまうようなことはもうないのだろうと、僕なんかは漠然と思っています。

村山 よくスイスの仲間と議論していると、人類には二つの偉大な発明があるという話になります。一つは宗教、もう一つはお金だというんですね。その他の発明は人間の本能から出てきたもので、鉄鋼やコンピュータもマイナーなものにすぎない。宗教とお金は、実に画期的な発明だったということになります。しかし宗教をみると、キリスト教にしても、中世には戦争を起こしたり略奪を起こすだけのエネルギーがあったのに、いまは西洋人でも日曜日に礼拝にすら行かなくなっています。

お金という発明にしても、昔はごく一部の占有されたものでしたが、たとえばフィリピンの貧民でもいまはお金を持ってないわけではなく、世界中に広くあまねく行き渡っています。つまり、お金の価値が、永い年月を経るうちに逓減しているという流れなんです。ある意味では価値が使い古され、当たり前な空気みたいなものになってきているんです。昔はお金のために戦争や略奪も起きたのですが、お金がみんなの手に行き渡った瞬間、お金が原因となる国家の崩壊は、昔と較べれば可能性が減っているということでしょう。いまは現物経済——つまり実際にお金と物を交換して営んでいる経済の何十倍という規模で、金融取引というバクチの社会があります。よくみると、バクチの社会で疲弊する人は多いのだけれども、誰も死に至ってるわけではない。つまりバクチのお金も、現物取引で使うお金も、お金の価値は基本的に遠い昔からいえば、相当に下がっているんです。

▼▼そうなると、諸国家が世界的な経済政策という形でマネーの流れに関与してもそんなに影響はないということになりますか?

村山　経済政策の視点からいえば、国家や規則というのは現状追認型なんですよ。現状に起きていることをルール化し、そこから税金をとるのが国家のあり方ですよね。そうではない国家もありますが、原理原則からいえば、国家の介入によって現実経済の動きが大きく変わるといった事態は、基本的には起こる確率が低くなったという考え方なんです。

吉本　それはマルクス主義的な考えでもわりあいに似てるというか、同じようなもんだろうなって気がします。なるほどね。

▼▼神の見えざる手、ですか。

村山　インビジブル・ハンドですね。経済学の一番いけない点は「これとこれが決まるとこうなる」というふうに、実際には何も決まっていないのに、あたかも決まっているかのように話を進めるところです。大きな嘘ですよね。しかも物事は経済政策だけでは決まらなくて、たとえば、どこかで穀物が穫れ過ぎたとか、気温が上がりすぎたとか、ようするに風が吹けば桶屋が儲かる式のきわめて複雑な要素がからまりあって決まってくるわけです。そのなかでは単に一つのパーツである国家の意思だけで物事が決まるというのは、あまりにおこがましい話です。経済のなかだけで考えてしまうのは非常に危険で、森羅万象のなかで物事は変わっていきます。森羅万象の一部が人間の世界であって、さらにその一部が経済なのですから、ここをテコにして他を動かすことは難しいですね。

■リストラの意味をどう捉えていくか■

▼▼いまの金融取引額は、実物取引額の一〇〇倍ぐらいになっているといわれます。それだけ巨額のお金が大変な勢いで動き回っていることと、情報がものすごい勢いで飛び交っていることは、どこかに対応関係がありそうな気もしますが。

村山　私もそう思います。インターネットで一つのキーワードを検索しますと、まあ一〇〇〇以上ものサイトがヒットしますね。でも、よくみると、多くの場合ヒット率の高い上位一〇件ぐらいが全体の九五パーセントほどを占めています。つまり情報の数は多くてもヒットされる部分は、きわめて小さいわけです。

たとえば、お金の借需が一〇〇倍、二〇〇倍あると仮定しましょう。ここ数年で円の価値が一ドル一〇〇円ぐらいから一四七円まで下がって、それからまた一〇〇円まで戻りました。一〇〇倍の借需があるというのに、たかだか五〇パーセントのお金しか動かない。一〇〇倍の借需があったら一〇〇倍で動いてもいいはずです。とはいわないまでも、一〇〇パーセント、つまり倍くらいにはぶれても不思議ではありません。でも実際の動きは、せいぜいこんなものです。

世の中で起きている他の要因のほうが、経済への影響は全然大きいわけで、経済はあくまで社会の一部でしかないという制約は絶対あるはずですよね。ですから、「経済至上主義の時代になり、経済がすべてを支配している時代は困ったものだ」と嘘をついている新聞論調こそ困ったものだと思うんですね。

吉本　ああ、そうか。なるほどね。たとえば僕が「お前は日常社会生活のなかで、何が一番の（経済に関する）関心事だ？」って訊かれたとしますね。そうすると僕個人の最大の関心事っていうのは家計ですね。つまり、日常生活をできるだけスムーズにゆったり送れることです。

二番目にどういう関心事があるかといえば、いまの情勢ではリストラですね。企業でも銀行でも合併することで自発的でない退職者、リストラされる人が出てくるわけです。これは僕には大きな関心事になります。自分がそういう事態に介入することはないんですが、自分がもし政府の経済関係の責任者だったらどう対処するかということをよく考えます。

なぜリストラが関心事かというと、戦争直後に自分にもそういう体験があったからです。まだ焼け野原で企業の体制がうまく成立していなかった時期ですけど、卒業してから定収を得るにはどうやったらいいのかなと苦労した覚えがあるんですね。職がない状態というのは実に変な状態で、たとえば駅のプラットホームでおおぜいの人に混ざって電車を待っているときなんか、「この人たちはちゃんと社会生活を送ってるんだろうな。俺はもう脱落しているというか、同じような顔をしていても、これは全然違うんだ」とものすごく心細く思った体験があるんです。

でも、そのうちに就職が決まって、普通の生活を営んでいける軌道ができたとなると、失業時代の辛い体験なんかケロッと忘れてしまうんです。これは生活費や経済にまつわる大きな特徴という気がしますね。だからこそ、他人のリストラにも関心があるんだということになって、僕なんかそうなんですけどね。

村山　吉本先生はそういった時代を過ごされた。私はいま三九歳ですが、幼少のころにバナナを食べるのが楽しみだった時代があったにせよ、この三九年間は生活上苦しい思いというのを一切していないんですよ。そこで人生の定量から考えると、先生がそういう時代に苦労されたように、これから私たちがみんな失業して、日本にペンペン草も生えなくなったって、それは受け入れるべきなんでしょうね。いい時とわるい時があるとするなら、私どもは先どりで全部食べてしまったわけですから。これは嘘偽りのないことで、しょうがないわけです。

リストラされた人は「なんで俺がクビになるんだ」と考えるでしょう。しかし、そもそもリストラというのは不条理なもので、つまりは交通事故と一緒で、理屈もなく降りかかってくるものですよね。頭にくる半面、あきらめてステップダウンし、他の職業を受け入れざるを得ない。怒ってもしょうがないというのが、実際考えているところなんです。ですから、日本が過ごしてきた戦後五五年間の繁栄は、ひと夜の夢をみる楽しみを与えられたにすぎないのかもしれません。

仕事で世界中をまわっていますが、五十年以上も苦労を知らなかった国は、たぶん日本の他にはないですよ。アメリカでも八〇年代後半の大失業時代は、ニューヨークのストリートにはたくさんのホームレスがいました。あのなかの何人かは、いまはすごい財を成しているはずですよ。だから、身内にはそうなってほしくない半面、起きたことについては、時代の流れに人間は勝てないという前提で、しょうがないと思うしかないですよね。政府や官僚には、彼らの職務として必死に努力してもらいたいですが、起きてしまった場合には恨めないということですね。

吉本　ああ、とてもよく判ります。その通りですね。

■キャッシュフローと信用の関係■

▼▼庶民感覚でいうと、ひと昔前なら銀行に退職金を預けて、その金利で老後を過ごせるというサラリーマンはけっこういましたね。でもいまはそういうことは考えようもなくなってしまった。村山さんはそこらへんはどういうふうにお考えですか。

村山　誰も未来は予測できないはずなのに、銀行の定期預金は予測できるというシステムですから、これ自体が間違っていたんです。銀行の定期預金が保証されているというのは、つまりは銀行が潰れないということを意味しています。基本的には、未来予測ができる確定型があったこと自体が幸せだったにすぎないんですよ。郵便貯金のほうが嘘をついてませんから正しいですよ。

▼▼そうすると、もう退職金を銀行に預けたってしょうがない、どこかの投資専門会社に預けて運用してもらうしかないっていうことになりますか。

村山　完璧な運用ができる専門家はいません。私たちは成功の確率を高める作業はしますけど、誰も保証はできないですから。

▼▼預けた虎の子そのものがなくなるかもしれない。

村山　なくなるかもしれないし、二倍になるかもわからない。銀行預金にしても、これまでは二パーセントの金利を必ずくれると約束していたものが、これからは最高が二パーセントで最低はゼロになるというしくみになるんですよ。こっちのしくみのほうが正しいわけです。これまで銀行は二パーセントのために、誰かにお金を貸して儲けていたわけですから、彼らにリスクをとることを許さずに二パーセントの責務を負わせてきたわけです。いまの固定金利というのは、銀行に失敗する権利をあげないしくみです。原理的にいえば、それでも銀行に二パーセント以上は稼げという無理をいってきたわけですね。

吉本　僕はいつでも疑問に思っていることなのですが、たとえば僕らが家を建てるときに、銀行に金を借りに行きますね。そうすると、だいたい預金の倍額ぐらいまでは貸してくれました。

家を建てたら、こんどは月々いくらずつ返済してくれというシステムになっているんですね。で、別に銀行は脅迫はしないけど、否応なしに返済させることだけは間違いなくやりますね。仮にその人が返せなくなっても、家の権利書なんかを担保にとってあり、損しないようにちゃんとできてる。つまり金融問題の素人である一般の人たちは、どうしてもお金が必要な場合にそういうやり方しかできないように思います。

でも、僕の同級生でプラスチック加工の小さな会社を経営しているのがいて、そいつの話を聞いてると「俺は借金が一億円ぐらいあるんだよ」とわりに平気な顔していってるんです。そこがよく判らないんですが、つまり僕に一億円もの借金があったら「俺はもう一生ダメだ」と思って、精神的にまいっちゃうわけですね。でもそいつは、あんまりそういう落ち込み方はしないで、「いつか返済は終わるから平気だよ」という感じです。これはいかなる理由によるわけですか?

村山　わかりやすく説明しますと、その社長さんは資産があるわけじゃなくて、キャッシュフローがあるんです。キャッシュフローというのは、ご自身が稼がれた税引き後のお金と、お金を調達できる能力があるということです。キャッシュフローがあるという意味では、アメリカという国は同じ状況にあります。たとえば、中国とシンガポールが商取引をすると、支払い通貨はドルです。アメリカが関係していない取引なのに、ドルが流通している。世界の決裁通貨になっているから、ドルの価値が上がろうが下がろうが、自分たちにお金を返す気があろうがなかろうが、ドルを刷りつづければキャッシュフローはじゃんじゃんあるんですよ。

吉本　うん、うん、なるほど。

村山　その社長さんは、プラスチック加工のビジネスとしてお金を使って、どんどん金利をとってくるから、銀行にしてみれば儲け口です。お金を調達できてキャッシュフローがあるという違いなんですよ。

吉本　それはいいことを聞いたというか、よくわかります。いくら考えても、これは僕には全然できないなあという感じでしたからね。どうしてやつはそう平気だという顔をしていられるのかって。僕らなんか「やっと家のローンを返したよ」というのが実情ですけどね。それも脅迫はされなかったけど、必ず払わざるを得ないようにできていて、やっと返済が終わってホッとするなんて、いかにも情け無い感じがしてたんですけど。

■戦後の復興が銀行の個人離れを起こした■

▼▼銀行が、個人の資金調達力についてきめ細かく審査しないのも問題でしょう。ある著名な作家が「銀行がお金を貸してくれないんだ」とこぼしていました。ようするに、銀行のほうはその作家の力量が判断できないし、

そもそも作家が稼げる可能性なんて眼中にないわけです。過去にこういう本が売れたとか、その作家は一生懸命に説明したけど、結局ダメだったというんです。銀行はまったく個別的な判断はしなくて、個人だからダメ、土地がないからダメという問題になってしまう。私たち出版人だと「この作家が一冊の本を書けば、だいたいこの程度のお金は入るだろう」と判断できますから、ときには著者と出版社のあいだでお金の貸し借りをするケースもあるわけです。そういう個人の調達能力を見抜くセンスは銀行には不要なのですか。

村山　そこは銀行がやらなくちゃいけない部分で、日本の銀行はまったく怠けきっていると思います。でも、あえて日本の銀行を弁護するのなら、それは戦後の復興期には重点産業にキャッシュフローをつける必要があったということです。たとえば重工業が大事であれば、重工業の会社にどんどんキャッシュフローがつくようにお金を与えていく。市井の人間にはあまりキャッシュフローを与えなくて、誰もが中産階級になるようにしたのです。庶民は一生かかって家一戸を持てる程度がゴールでいいじゃないかと。それが、世の中を早期に立ち直らせる有効な手段であるという判断はあったと思います。たまたま日本はそういう手段をとった。だから銀行は、個人のキャッシュフローに対してあまり関与しなかったと考えてもいいですね。

吉本　なるほどね。
お金の話ではありませんが、お医者さんの診断で似たようなことがあります。僕は血糖値が高いから、全体のカロリーを抑えろとたびたびいわれます。どれだけ抑えるかといえば、一六〇〇キロカロリーにしろと医者はいうんです。でも、一六〇〇キロカロリーというのは、ようは肉体的な労働も何もしない人の数値ですね。だけど、僕にいわせれば、頭を使えばくたびれもするし、お腹も空くんですよね。そういうことを勘定に入れてくれない。病院に行くと、いつでもそこが面白くないなあって思うんだけど。そういう無形のものを考慮してくれない点は、ものすごく不合理だなあって思うんです。仕方がないから、時々、医者の言いつけを破ってまぎらわしているわけですけど。

お金のことも同じで、僕らはベストセラーなんてないし、明日はどうなるかわからない。まあ、お金を借りるような場合に、一番信用がないような気がするんです。給料をきちんきちんと定期的にもらってる人は、わりあいに信用があるんですね。

村山　先ほどいったキャッシュフローの問題ですね。給料をもらっている人は毎月毎月のキャッシュフローがある程度みえているんです。それだけの違いです。

吉本　そうなんでしょうね。

それから僕は、あまりこういうことは言わないようにしてきたんだけど、ここ一年、そうは言ってらんねえなと思うことがあるんです。たとえば『なんとなくクリスタル』とか『ブリリアン

ト な午後』とかいう小説を書いてる田中康夫という人がいます。文芸のほうでは、それだけ書いてる若い作家ということで、まあどうってことないんですよ。でも、僕が新聞の時評なんかで「田中康夫」と書くと、新聞の編集のほうから「田中康夫氏と直してくれ」といわれるんです。県知事になったからなんでしょうか、ようするに官職が生じたからってことでしょうね。

しょうがないから、適当にそっちで直してくれって言うんですが、こっちはなんとなく浮かない感じなんですね。文芸のほうでは、「氏」をつけて書くことのほうが、かえって失礼だという習慣があって、敬称を抜きにしたほうが失礼ではないということになっているんですよね。だからその伝でやったら、「これには氏をつけてくれ」っていわれる。こっちからなぜとは聞かないんですけど、よくよく考えてみると、結局は官職についたとか公職についたっていうことでそうなるのかな、と思ったりしますね。

そう勘ぐると、やっぱり小説家より知事のほうが偉いと思われてるのかなという気もするんです。だとすれば、それはどうも僕らには不合理であるとなるわけです。商売固有の領域だったら、そんなことは成り立たないのですよ。でも、報道の世界というか、世論の世界というか、そういうところではまた違うんだと、そう考えるよりないなと思うわけです。でも、それで釈然としたわけじゃないんですよ。釈然としない気持ちがこっちには残ってるんだけど、でも「そんなこと言ってもしょうがねえからなあ」って思ってるわけです。だから適当に、「そっちで直してくださいよ」っていうだけで済んでいるんですけど。

その手のことは、どうもほんとはよくわからないんです。文学の世界にしても、人が書いたものを本にして出す出版社にしても、その内部関係には上下の順列がほとんどないと思うんです。つまり、出版社の社長さんや部長さんと普通の編集者の間では、どっちが偉い、偉くないっていう割合はほとんどない、そういう世界ですよね。僕は、そういう世界に慣れているから、「この人には氏をつけろ」なんていわれると「えっ？」と思うんですが、とんでもない、それは違うんだよという世界が大部分なんでしょうね。そういうところに、ちょっと顔を出さざるを得ないみたいになってくると「おや？」っていう感じになるんです。

村山 僕はモナコという国がすごく好きで、たとえば「クポル」というレストランには王族がきてるんです。それで「ハーイ」とかいいながら、普通の庶民と平気で話してるんですよね。小さいテリトリーで特殊なのでしょうけど、職業どころか、いわゆる王様と平民の区別も基本的にはないというのが面白いところなんです。日本はけっこう裃を着るのが好きですからね。

吉本 それはありますね。

村山 だからもう、バカバカしいというしかないですね。金銭的価値でいえば、残念ながらパートタイムでやってる主婦と、たとえば私とでは金銭的には大きな違いがある。でも、道で会ったら同じ人間ですよね。学校なら先生と生徒という立場での価値の違いはありますけど、少なくとも二十歳を超えた人間どうしでそんな違いがあってはいけないと思うんです。その立場を一歩離れたときには、誰もが変わらないというコンセプトの社会であってほしいなと思いますね。

吉本　いま話したような「なんか社会が違うな」といった場面に出くわして「あれ?」っていうことはよくありますね。だけど、どう考えてもこっちのほうが狭い社会で、むこうのほうの社会のほうが広いから、こっちの考え方を訂正しなきゃいけないんでしょうかねえ。

村山　経済的な価値づけはそうでも、社会関係のほうがもっと理解があるわけであって、たまたま収入が違う、住んでいるところが違う、年齢が違う。そういう感じでいいんではないでしょうか。全員が頭がいいなんてことはなくて、頭のいい人もいれば、そうじゃない人もいるわけです。原理原則では経済的平等性だとか、地位的平等性があったほうがいいという理想は絶対にあるんですが、現実問題としては無理だということでしょうか。ヨーロッパの場合ですと、ある程度の収入がある人間は、社会奉仕活動を無言の圧力でせざるを得ないという状態があります。だから、お金持ちほど公園の掃除なんかやったりしているんです。そういう奉仕組織をつくったりして。とくにドイツ語圏の国はそうですね。

吉本　なるほどね、そうか。そういうのって面白いなあ。

■社会貢献や社会還元を織り込んだ経済活動の台頭■

村山　投資の分野でいいますと、そういう社会還元に関連するプロジェクトもあります。私たちの仕事は、資産家からお金を預かって、自分の力で顧客の目的に見合ったリターンが上がればいいと考えているわけです。でも利益があがったときには、その一部を文化活動などに寄付してくださいという寄付ヒモつきのファンドの運用もやっています。また投資対象先を決める場合に、業績をみると同時に、その会社がエチケット違反をしていないことを条件にするケースもあります。つまり、環境問題をしっかり捉えているとか、雇用面で身勝手なリストラをやっていないとか。そういう尺度を加えて投資するファンドもあります。

これは投資の世界からすると、一見ムダな考え方です。でも、いろいろ考えていくと、長期的にはこのほうがムダはないのです。なおかつ、うまくいった分ぐらいを社会に還元してもいいじゃないかということです。つまり占有から共有のほうへとお金を向けていけばいいということなんです。ファンドに集められるお金は、それを出した人たちがつくったわけですが、そのお金は社会があったからできたわけです。全部を返せとはいわないけれど、一部は社会に還元してもいいのではないかという考え方なんです。

▼▼儲けすぎるのは悪いといった罪の意識、贖罪感に訴えるというのとは違うんですね。

村山　罪の意識というより、もっと貪欲なものかもしれません。そうやって社会に一部を還元したほうがもっと稼げるという理論すら資本家にはあるわけなんです。

▼▼そのほうが逆に企業のステイタスアップになる。

村山　その面もあります。最近ちょっと下火ですが、ジョージ・ソロスというヘッジファンドのマネージャーは、絶えず儲けの一部を東欧地域に寄付してきました。あれは罪の意識ではなくて、やはりそのお金がテコになって経済が変わる、するとそこでまた儲ければいいという考えだと思います。わるい言い方をすれば、形を変えたODAかもしれません。私的ODAの結果、その地域の経済が勃興する。あらかじめその地域の株を買っておけばいいじゃないかということです。必ずしも贖罪だけでなく、もっと貪欲かもわかりません。そこにはいろんな意図があると思います。

吉本　それに関連していうと、松下幸之助さんがつくった松下政経塾というのがありますね。大学を出た人などがその塾に入って、何かしたいからお金を出してくれといえば出してくれる。松下政経塾を卒業したからって、別に就職を世話するわけでもなくて、金を返せというようなこともいわない。それとは少し違いますが、僕らの学生時代に、アメリカの文献を読んでいたら、戦争や軍事とはまったく無関係な研究なのに、文献の最後のところに「海軍の資金援助を受けています」みたいなことが書いてあったんですよ。それをみたら「いやあ、これはやっぱり凄えもんだな」というか、日本ではこんなことできやしねえと思いましたね。むこうは軍部が、戦争とまるで関係ないような研究や、自分たちに役立つとはかぎらない研究にちゃんと金を出したりして、「これは凄げえもんだよ」といつでも思っていましたね。

村山　先ほどの話でいいますと、損益分岐点を超えてお金を持っている人にとっては、お金の価値が小さくなっていきます。基本的にお金は蓄えるためにあるのではなくて、使うためにあるんですよ。通常、お金がない人の消費は食べる物や着る物に向かうわけですが、お金持ちがお金の価値を高く使うためには社会に還元するしかないわけです。贖罪の意味からでなく、本人にとっても社会還元が価値の高い消費になるんです。

吉本　その通りですね。

村山　持っていても使い切れませんから、むしろ他人に投資するほうが、お金持ちの世界からみるとごく当たり前の行為なんですね。

吉本　そうですよね、それは。

村山　日本の貿易黒字もそうですが、貯えているとお金の価値が小さくなってしまう。いわゆるストックになっては意味がない。松下幸之助さんも和歌山で丁稚さんから身を起こして、使い切れないほどのお金を得たわけです。あの人の素晴らしいところは、お金は社会に対して使うものだという意識があることですね。社会に対する投資ではなくて、社会に対する消費ですよ。最も価値の高い消費なんです。

吉本　なるほどなあ。そういうことが僕らはわかんないんですねえ。まあ、わからないやつにかぎってお金はないんですけど（笑）。でも、そういうことが成り立つんだなあ。

■日本的な経営システムと貧富の差が拡大するシステム■

▼▼最近は、日本の企業にもアメリカ型の競争の激しい市場原理を入れようという議論があります。これに関連して、自由競争を徹底していくと貧富の差がどんどん開いていくが、それでいいのかという議論が出ました。日本ほど貧富の差が小さい国は珍しいといわれますが、一方にはこれを崩してはならんという意見があり、もう一方にはみんなが豊かなのだから貧富の差はもっと開いてもいいんだ、そのほうが社会が活性化するんだという考えが出てきています。

村山　この問題については、答えを二つに分解して考えるといいでしょう。ようするに日本的なシステムとして、年功序列を旨とする会社と、成績がわるければ一年でクビになる会社と、両方を混在させればいいんです。働く人が自分で選択できるのがよくて、これまでのように終身雇用と年功序列以外に選択肢がないところが一番の問題だと思います。もう一つは、お金の使い方をもっと教育する必要があります。日本にはお金についての教育がまったくありません。お金を持っている人は自然と貯め込んでしまう習性がある。これは社会悪です。

吉本　なるほどね。

村山　お金を持ったらこういうときに使う、お金がないときは質素倹約する、そういう教育と多くの選択肢があればいいんです。貧富の差が大きい社会と小さい社会のどちらがいいかという議論は、未来がわからないかぎりできないわけです。個人的に思うところでは、アメリカ型の貧富の差は、お金を持つほうも持たないほうも、両方とも不幸です。お金持ちは命を狙われるし、身内に喧嘩が絶えない。無関係の人からやたらと訴訟を起こされる。持たないほうがまだいいくらいですよ。

■ヨーロッパ人には起承転結の意識が強い■

吉本 友人の弟が証券会社に勤めていて、お客さんの資金を運用して儲けていたのだけど、あるときに大穴をあけたということがあったんです。身内中が迷惑をこうむって、僕の友だちは夜中に荷物を運ぶからって、まあ夜逃げなんですが、手伝ったおぼえがあります。金融関係者はお金の儲け方を普通の人より専門的に知っていると思いますが、やっぱり自分でもやってみたくなるものですかね。

村山 私にはそういう思いはないですね。個人的な考えをいえば、私は子どもに一銭も残したくありませんし、自分が稼いだお金が使い切れなければ、どこかに寄付して終わりたいと思っています。

吉本 それは凄いなあ。立派というか。僕らは差し当たって宝くじでも当てたら、大いに使ってやろうとは思うけれども。

村山 もちろん、使い切れなかった場合ですけど……。

吉本 いや、そう最終的なところまでは考えてないですからね。

村山 あまったら、どこかへ寄付して終わりたいですね。子どもには少しも残さずに。

吉本　なるほど。いやあ、それは大したもんだなあ。たいへんなことだなあ。

村山　経済は基本的にゲームに過ぎないと思っています。アフリカのケニアへ行ったら、お金のない人たちのほうが顔もにこやかですし、別に四〇歳で死んだっていいんですよ、三代経ったらもう誰がいたか忘れていますし。お金はパーツにしか過ぎないですし、ひょっとすると何百年かしたら、お金という形態がなくなっているかもわからない。たまたま生きてる間に自分が必要だから使うだけであって、死んだあとは誰か第三者にあげたほうがいいですよ。もし寄付するなら、その時代で一番ベストに活用してくれそうなところに寄付したいですね。

吉本　やっぱり考えがそこまでいかないとダメですね。その点、僕らはどうも貧弱というかね。

▼▼欧米企業や日本企業で、そういう方向でお金を使っていこうという動きはあるんですか?

村山　日本企業にはまったくありませんが、ヨーロッパ企業はけっこう盛んになってきましたね。

吉本　やはり日本とはだいぶ違いますね。日本の企業家や金持ちは、どこかにまだ先があると思って進んでいる印象がありますからね。いまなお道の半ばを行ってるっていうような感じです。いまのお話を聞いてると、ヨーロッパはもう還り道がついてるねという感じがします。ずいぶん違うんだなあと思います。

村山　世界にとって、経済はパーツの一個にすぎない。他のことのほうが広いんです。だから、経済至上主義にだけはなるまいという思いはありますね。ヨーロッパの人は、ミーティングしても仕事の話は半分で、あとの半分は世界観の話になりますから。

吉本　ふーん、なるほどね。

▼▼日本ではいまだに成長主義がありますね、成長が止まったら落っこちてしまうというイメージで、先へ先へとしきりに自転車をこいでいる。ヨーロッパにはそういう意識はないんですか?

村山　始めがあれば終わりがある、物事には起承転結があるという認識は、ヨーロッパの人のほうが概して強いように思えますね。結末をいつも意識しているので、成長を維持するというイメージではなくて、いずれ終末がくるっていう感じだと思います。会社の所有者は、社長の座を次世代に渡したらその時点が結末なんですね。日本みたいに、家に帰りたくないから会長や顧問になって会社にしがみついてるといった光景はないですね。家に帰って庭掃除していますから。

吉本　うーん、面白いなあ。日本では、まだまだ無限に自分の行く先があるという、そんなイメージですよねえ。しかしお話をうかがっていますと、ヨーロッパではもう往き道は終わっちゃって、還り道に入っちゃっているのかなと、そんな感じを受けました。今日はたいぶ啓蒙されたなあという感じです。

★学ぶコメント★

★経済の本性・本質へ

消費／サービス領域の拡大、商品の価値表出だけが高度経済ではない。日本経済が狭い経済に閉じている。

吉本さんに、そうではない経済の動き方・考え方を持っているスイスのプライベート・バンクをぶつけてみた。

わたしは、スイスのプライベート・バンクと知り合って、ジュネーブに学術財団をつくり、そこで一年の三分の一くらい暮らす。そこでヨーロッパ内であちこちいくことができ、大きく二つのことが認知された。それは、個人のプライベートさが優先されるパブリックなあり方と、もう一つは「資本」の経済の動き方である。

第一においては、ソーシャルな仕方がプライベートなものを見ていない、生かしていないことに気づかされた。日本の銀行は、預金者の顔をまったく見ていない、個人の存在ではなく社会的な尺度で一般全体に対応している。第二においては、資本の動きは、国家を超えて動くということと、対価を求めないでお金の動きがなされている局面がある。資本から見て経済は一部でしかない。そこから、商品関係経済と資本関係経済は働く原理がまったく違うという発見である。商品は経済におさまるが資本はおさまらない。わたしは個人としてお金を持っていないのに、プライベート・バンクに口座を持っているのは、わたし個人が、某企業から資金をファンドへ構成したことで、個人信用を、つまりわたしの〈資本〉を働かせているからだ。お金は所有物ではない、「使う」こと、その仕方が大事だということをスイスから学んだ。資本を「資金／資財」としたのは商品経済の所業でしかない。

この対話の翌年、二〇〇一年九月、九・一一テロが起きる。

そして、二〇〇八年九月にリーマン・ショックが起きる。世界金融は、この二つの出来事を象徴事件にして、実はほぼ終焉している。言い直すと、お金がお金を産む「利子産み資本」の経済の仕組みが破綻したのだ。スイスの銀行が、その後どんどん悪化していくのを目の当たりに見てきた。運用利率が下がり、金利ゼロとなり、いまや銀行にお金を置いておくと、手数料で減っていく閾にまできている。「往き道は終わっちゃって、還り道に入っちゃっているのかな」という吉本さんの感じ通りになった。村山氏は、イデアルにして現実的な金融経済、経済アクションの本性を明証に語っている。当時がスイスのちょうど到達点であった気がする。ジュネーブで金融活動する日本人は、二〇一五年ぐらいで誰もいなくなった。ロンバー銀行も合併し、無限責任体制の組織ではなくなった。ロス・チャイルド系のエドモンド銀行も急速に縮小した。ソーシャルな環境が経済だけではない、生活総体で進行していく。わたしはスイスを引き払う。

日本に無限に行き道があるという感触をわたしはもたないが、商品社会主義、社会規則経済の仕方が、「資本」をまったく使えない日本経済となっている実際だからである。超資本主義の現実は、市場、情報流、技術科学、環境において実際に変容しているのに、旧態の経済認識のままの、実際的なものからどんどん離れていく、商品／制度／社会の「物象化マネジメント」をし続けている。

吉本さんの反応が面白い。一つは生活感覚から、もう一つは流通ないし分配の局面での感触からなされている。生産側からの問題ではない。経済の本質は「暮らしの環境」「個人の生き方」にあるということで、スイス銀行人と吉本さんは共鳴しあっている。浅薄な上っ面で資本主義批判をなす日本識者の戯言にまったく無縁だ。資本を考えもせず実際もみずに、労働を搾取しているなどと「資本からの労働の分節化」を見失ったままの粗野な思考が流行し続けるのは、プライベートな精神性を喪失したソーシャル意識からの思考しかしていないためだ。

つまり、物象化された商品経済の「擬制」を村山氏は銀行人として日本経済感覚や活動のあり方を「虚偽」とさえ断定しているが、経済活動としての日本の未熟さの指摘だ。「何も決まっていないのに、あたかも決まっているかのように話を進める」のは、規範物象化の〈社会〉経済しかしていないためで、ビジネスの非決定性を考えないで結果行き詰まりになる。お金が余っていることはお金の価値が下がるという「逓減」シニフィアンをまったく考慮していないことは、売り上げが上がっても損をすることを見失っていることに繋がる。フローがあることは、流通分配の闘が生産を活性化させることになる、そこへ国家統制が分配政治としてからむ限界を自覚すべきことを意味する。経済を〈商品〉経済、〈社会〉経済として限定づけながらそれを一般化して拡大して、すべてが経済であるかのようにしてしまった「未熟さ」は、しかし、経済が行き詰まる「先端性」を実行しているという逆率を日本がなしている。また市場が本来は経済範疇ではないのに、社会までも経済市場化してしまって、実際は規範遂行しているだけの企業組織経済は、制度地位の権威を常態化し、社会利益の分配において平均給与をいかに景気がよくとも引き上げられない構造を構造化しているゆえ、「景気がよくなった」などと庶民は感じることはできないまま、氾濫する商品の消費快楽に身をゆだねるも不安を払拭できない。「社会市場」の効果だ。

さりげない対話の中で語られている「経済の本性」とは、暮らし／生活をよくすることであって、お金儲けでも所有=蓄えでもないこと、市場統制ではないこと、社会地位ではないこと。金融に安全はない、金融は顧客を助けることであって従わせることではないこと（日本の銀行では銀行側が座っている）、利率も顧客が決めていくことである。ここが転倒するのもプライベート感覚の喪失による社会規則依存の現れである。

最初、学術財団をつくったとき、「プライベート」バンクと言うのをわたしは避け、ただスイスのバンクと日本で説明したのも、「プライベート」というと私的利益のみを優先させ「他利」を考えないと日本では理解されるのを怖れてであった。バンクは、誰でも利率も手数料も同じという「ソーシャル」判断のままからである。だが、お金を持っている人とさほど持っていない人とでは、一〇〇万円の価値・意味は違う。商品価格は誰でも同じ設定からきている。感覚・感性の働きなしの経済はない。

こうしたことは、「資本」の不在が日本で経済一般になっていることを気づかせてくれた。顧客は賃労働者ではなく本来からして何らかの自分の力能をもった「資本者」であり、賃労働者の給与の違いは不平等になるが、資本者としての収入の違いは個々人に応じてのことになる。

経済概念の全体を組み替えねばならない。吉本さんが奇妙だ変だと感じていた闘が、実は多様な「資本」そのものの領域であり、そこが商品・制度・社会の物象化セットとして転倒してもいる事態である（『甦えれ 資本経済の力』参照）。

現在への発言❹

分散し矮小化していく政治と社会

談話収録▼二〇〇二年四月二六日
聞き手▼内田隆三

■分散し矮小化していく社会や政治の問題■

内田　社会の現在を考えるとき、マルクス主義が退潮に入った一方で、しかしマルクス主義の変形に思えるもの――たとえばフェミニズム、都市論、環境論などは盛んなように思います。そこでは、本格的なマルクス主義が後退していくのと同様に「大きな物語」が姿を消し、逆に「小さな物語」はいくつも見受けられると思うんですね。いまの日本を見ていると、矮小なことにみんながこだわっている。政治にしても、経済現象にしても、なぜかメディアが消費していく矮小な渦に、みんなが吸い込まれていくようなところがあります。その拡散した矮小なものが、どう積分されるのかは、見えてこないのが問題ですが、そういう状況があるという気がするんですね。

もうひとつは、現代社会では「悪」のようなものも、どこか拡散した形で存在している気がするんですね。明確に「これが悪人だ」といえることは少なくて、ある種の精神の病いであったり、個人の異変という水準で分散して発現しているような気もします。そういう社会の働き方にどうも気持ちわるい感じがしてしまうんですね。

吉本　分散しているとおっしゃいましたけど、僕も目につくのはそういうことです。政治現象でいいますと、いまちょうど僕が気持ちわるくて、つまらないことに血道をあげているじゃないかと思えるのは、秘書給与の問題です。政治的な国家の担当者たちがやる論議としては、けっして第一義の問題にはならないと思うのに、第一義の問題になってるんですよ。

公金から出される秘書給与の一部しかご当人に支払わなくて、あとはみんな使っちゃう。政党ぐるみと個人の両方があって、とにかく使っちゃってる。それがけしからんじゃないかというのが、いま政治的な一番の論議になってるんです。どうにも、つまんないことに目くじら立てて、ケチな話じゃないかという気がします。

取り上げるなら、取り上げ方というのがあるわけです。ひとつは、秘書の給料を使っちゃったという場合、秘書の人と、雇っている政治家と、その両者が了解さえしていれば、問題にならない。僕の理解だったら、そうなります。政治家が「お前の給料が五〇万円出てるけど、いま事務所で必要だし、おれはこういうことに使いたい。それで、お前には五万円しか渡さないけど勘弁してくれ、了解してくれ」といって、その秘書の人が了解すれば、それまでのことで、何の問題もありません。

だから、この問題では、書類不備ということしか追及する点はないはずなんです。ご当人同士の借用書とか受領書とか、そういう書類が不備というだけで、それ以上は何の意味もないことです。大げさに国会で論議されたり、政党として対立しているわけだけど、国家の政治がそんなつまらんことに熱中していていいのかってことになると、全然意味がないと僕は思います。

新聞では「公金だから問題だ」と出てましたけど、そんなことは問題になりません。公金だろうと何だろうと、いったんその秘書が給料として受け取ったら、もうその人のものです。その人が了解して「五〇万円のうち四五万円を使ってもいい」とか、そういう了解がついていれば、公金であろうと問題にならないと僕は思うわけです。

そんなことを問題にするのは、ケチ臭くてつまんないことだと思いますけど、大真面目にやってますからね。

もうひとつ肝心なことは、保守的な政党は、本来、適当にサヤを取って自分のふところに入れちゃうとか、寄付を募って自分の事務所で使っちゃうということが当たり前なんです。逆に進歩的な政党になると、「何か事があればカネは流れるんだ、流れたカネはある程度雑用的に使ってもいいんだ」という常識があるんですよ。進歩的な政党なら、共産党から社民党まで変わりない。これは僕自身の体験でもわかります。

何か催し物で客集めをするとき、僕には「資本主義以下のことはするな」という原則があるんです。誰かに講演を頼んで謝礼を払う場合、たとえば文学者なら、だいたい一五万円から二〇万円、それ以上あれば多いほうでしょう。それが、文学者に講演を頼んだときの常識的な謝礼です。

しかし、ある左翼的な集まりで講演した文学者に、「カネ払ってもらったか」と聞いてみたら、「いや、ちっとも払ってくれない」というんです。それはおかしいと思って、僕が主催者に「全然カネ払ってないそうじゃないか。そういうことはダメだと思うよ」と忠告したら、「つい忘れちゃったんで、すぐに払います」と答えるんですね。何カ月後かにまたその講演した人に会ったので、「払うっていってたけど、払ってもらったか?」と訊いたら、「いや、もらってない」というわけです。

そういう報酬を払わなかったり、自分のポッポに入れたりするのは、進歩的な政治運動家の常道なんですね。それは一般市民社会の常識に反するわけです。

少なくとも専門家におしゃべりを頼んだのなら、僕の原則では「資本主義が払う以上のことはしろ」ということになります。より多く払えなければ、せめて同程度にする。あるいは、たとえ少なくても「経済上こうなっているから、この金額以上は出せないけど、了解してくれ」とあらかじめ話しておく。

政治運動をずっとやってきて、自分たちの政治的な振る舞いを一度も否定したことがない人は、催し物をやったりすると、必ずそうなるんですよ。たぶん、僕が知っている特定の人だけでなく、進歩的な政党の連中はみんな、そうやってると思いますね。

■給与問題の裏側は議員なら知ってるはず■

内田　いまの政治では、第一義的に見えない小さな問題が大きく取り上げられています。追及している側は、市民社会の原則を厳密に適用しようという意識があると思うんですね。ところが、それで本当に市民社会が実現しているかどうかはわからないですよね。

吉本　その通り、わからないんです。だけど一般論として、慣用としては、ちゃんと確立しています。たとえば文学界でいえば、「講演の謝礼は一五万円から二〇万円ぐらい、送り迎えつきで、このテーマについて話してくれませんか？」などと頼まれて、引き受けたり断ったりします。これが普通です。タダでも話すというのは、よほど気心が知れた仲間同士とか、そういう相手でなければやりませんね。区役所の図書館などでおしゃべりするときは、だいたい五万円ぐらいです。

引き受けるほうの金額は人さまざまで、文学者でもタダから「一〇〇万円以下じゃやらない」といわれる人まであるわけです。だけど、だいたいは一五万円から二〇万円ぐらいの金額で謝礼が支払われています。

そういうわけで、左翼的な人たちの集まりといえば、少なくとも資本主義を超えようという主観的な考えをもっている集まりなのだから、資本主義より少ないカネで人を使おうなんて、とんでもない話なんです。金額はともかく、専門家に何か専門的なことを公開の場でしゃべってもらったら、いくらかの謝礼を出すのは、ようするに慣用的な常識、市民社会の常識です。それが政治運動家には通用しないんですよ。そこがいわゆる進歩的な政治運動家の弱点ですね。

ですからそういう人たちは、普通一五万円ぐらいで話してもらえるなら、二〇万円や二五万円は支払うべきなんです。それが払えないなら、煩わしいだけだから何にもするなってことですよ。タダで頼むなんてのはとんでもないってことです。

平気でそういうことやるのは、たいてい進歩的な奴らなんですよ。資本主義以上のことをやろうという理念があるんだったら、それ以上のことをやれって思うんだけど、それはなかなか通用しないんです。

僕がやるときは、少なくとも同等またはそれ以上のカネは払うようにします。まかり間違えば、自分の印税を前借りして、持ち出しになっても支払えばいいんです。つまり、二段三段の構えを用意できなければ、やるなっていうことです。

もうひとつ、その催し物に賛同しておカネを寄付してくれるなら、右翼でも左翼でも構わないから、もらっちゃえというのが僕の原則です。寄付には党派性など関係ない、あくまでおカネの問題だから。その返礼として、会場に大きな幟を立てて「共産党いくら」「何とか民族戦線いくら」「何とか同盟いくら」とちゃんと書いて広告してあげますと、そういうのが原則です。そういう寄付に党派性はないんですよ。

秘書給与の問題では、四月の参考人招致でも、政党ぐるみか、個人で使ったのかって辻元清美を問い詰めていましたけど、そんなことは党ぐるみに決まってるわけですよ。そんなことは国会議員なら誰だって知ってるし、自民党の者だって「進歩的なところではこうやってる」とふだんから聞いているはずです。だから、ああいう質問ができるんです。

ところが、実は政党ぐるみというほんとうのところは、出てこないんですよ。一皮ちゃんと膜が張ってあって、そこで問答しているからなおさら意味がないんです。つまんないことをいって、しかも何の意味もない。あとに残るのはウソだけで、ほんとうのところは誰も触れない。こういうのが、現にいま国会でやっている政治家どもの動きなわけです。

また、保守的な政党では、カネの流れがいい人が党の首脳部になって、そこから自分のふところに入れる場合や、そうじゃない場合があるんですね。保守的な政党にはカネづるはいっぱいありますから、そんなことは全部わかっているわけです。

だから、初めから全部洗いざらいやっちゃうなら、それなりの意味はありますね。両方の政治家の賛同を得て、両方ともがこれまでのカネの使い方を修正できるような結論までもっていければ、それは意義があるんですよ。

そうすると、だいぶスッキリするんですね。進歩的なほうもスッキリして、保守的なほうもスッキリする。でも、そうなったらみんな潰れると思うから、そこまではなかなかスッキリしないんですけどね。

進歩的な連中はいい気になってるから、「自分たちは一般国民より政治的な見解が優れていて、よく動ける。そういう人間だ」と自分で思っているんですね。だから、一般国民の常識に反することを平気でやるんだと思いますけど、僕らにはそれは通用しませんよ。必ず資本主義よりいい条件、つまり商業的に出る報酬よりも多く出せる条件がなければ、専門家を呼んで話なんかさせるなっていうのが大原則なんです。その条件がとれないなら黙ってろ、何もするなってことです。何もしないで、保守党のいうままなのが一番いいんですよ。つまり、紛らわしくないんです。

■個人が傷つくだけの見え透いた猿芝居■

吉本　保守的な政党の首脳部になる奴は、みんなカネの流れのいい人なんですよ。カネの流れがいいかわるいか、それ以外に資格は何もないんです。鳩山由紀夫が典型的にそうですよね。親父さんの時代から大金持ちで、ものすごくカネの流れがいいわけです。民主党には元社会党右派の奴も入ってますから、そんな奴らは全部知っていて、あいつはカネを出させればいいんだから、党首にしておけということになってると思います。保守的な政党はみんな同じです。進歩的な政党になると、「オレたちはいいことしてるんだから、タダで人を使っても許されるんだ」と心の中で思ってるわけです。つまり一般民衆がつくってる社会を、自分のなかに入れてない進歩的な政治運動家や革命家と称する奴らは、そういうところが全部ダメだといったほうがいいんですよ。

僕はよく書いたりいったりしてますけど、そういうことではイエスの方舟が一番いいんです。彼らには、自分たちでレストランや酒場をやり、そこで稼いで資金をつくるという原則があるんです。もちろん寄付などもあるでしょうけど、あれが一番スッキリしたいいやり方で、そういうことができないなら、やらないほうがいいんです。

外からのカネの流れをよくしようとして、裏ワザをやっちゃうんですね。たとえば、ある企業グループの親玉は、保守的な政党と、それから旧ソ連の共産党や日本の共産党との両方にカネを寄付してたんです。そうしたら、何が起きても、自分はご安泰だと思っているわけです。こっちは癪にさわってしょうがなくて、「何をいってやがるんだ、いまに両方とも必ずダメになるぜ」って思ってるわけです。おもしろくないなあと思うんだけど、でもそれが普通なんですね。

僕は六〇年ごろによく体験しましたけど、全学連のカネを集める奴でも、それは自分のカネなのか、それとも学生みんなに寄付してくれたカネか、どちらとも区別つかないようなやり方をするんです。そういうところは、全然なっちゃいない。そういうのが常道だと通用してきたから、今回のようなことが起こるんです。

　追及はしたほうがいいんだけど、やるならもっと洗いざらい、全部やったほうがいいんです。いまの追及の次元だったら、いくらやっても同じです。たまたま見つかったとか、狙われた人が追及されているだけですよ。最後の最後は隠してあって、膜が張ってあるから、猿芝居しているのと同じですね。それでもって、ああだこうだと追及しているんだけど、たまたま標的になった奴だけが苦労したり、女の人が泣きべそかいたりしているわけです。党ぐるみでやってるのは当たり前のことですからね。

　いまは初めからウソだとわかっていることを両方でいい合って、暴露しあってるだけで、何の意味もないんです。ただ、たまたまぶち当たった個人が損するというか、追及された人だけが困って「もう政党を辞める」となっちゃうんですね。「みんなやってるじゃないですか、あんたたちもやってるじゃないですか」っていいたいところなんだけど、そこを我慢して、自分だけが犠牲になっちゃうんですね。

　それは文学・芸術の分野でも同じで、一〇〇万円の講演料を出してもらえるカネ流れのいい人間がいれば、しょうがないからタダでもやることになったりする者もいるわけです。公正さとか平等さを実現するにはどうしたらいいんだというとき、文学みたいに最も平等でいいはずの世界でさえ、そういう区別があるってのは、どうしようもないですね。

　それは原稿料も同じで、原稿料は新人だと五〇〇〇円とか六〇〇〇円ですけど、「俺の原稿料をもう少し上げろよ」って出版社と交渉したとするでしょう。そうすると出版社の常識的な判断として、「タダでだって、おまえよりいいものを書く奴はいるんだし、そいつに頼むからいいよ」っていわれるのがオチでしょう。そうなるんですよ。むこうは何もウソをいったり脅かしてるわけじゃなくて、ほんとうなんだから、しょうがないといえばしょうがないんですけどね。

政治的にも社会的にも、あるいは芸術的にも、そういうことはあるでしょう。政治的に国家の予算を使って論議するんだったら、そこまで、一般論として原則をつくるところまでもっていければやる甲斐があるけど、そんなところまでいきゃしないんですよ。無駄にカネと時間を使って、それで傷つくのはたまたまぶち当たった個人だけで、こんな馬鹿な話はないですね。

■とかく活動には大きなカネが必要となる■

内田　政治的な振る舞いや政治的なものは、もともとそういったものを含んでいると考えていいのでしょうか?

吉本　そう思いますね。僕は政治運動では知らないけど、いわゆる労働運動では知ってるんです。

僕が昔勤めていた会社には五〇〇人くらいの従業員がいて、経営者側と賃上げなどの交渉をして決裂したんです。そこでストライキとなれば、少なくとも五〇〇人に対して通常通りの金額で、ひと月分の給料を払えるだけのカネを集めてこないと、一カ月近くのストはやれません。そこで僕らは考えて、当時の総評の本部に行って、ストをやるからカネを貸してくれっていったわけです。労働金庫というのがありまして、そこに貸せといったんですが、全然相手にされないんです。彼らにとっては、社員数百人の小さな会社なんかどうでもいいようなものなんですね。

しかたなしに同じ葛飾区の、同志ではないんだけれども、よくわかっている会社の労働組合に行ったんです。まかり間違えばストをやるから、給料ひと月分払えるだけのカネを貸してくれないかって交渉したら、相手は割合に話がわかって「いいですよ」ってなったんです。組合同士で貸し借りができるところもあるんですね。それで資金を用意しておいて、ストをやるんならやるぞってなったんですが、そうするのが普通なんです。

政治的な動きもそうですけど、ストをするにもカネがべら棒にいるんですよ。これはほんとに、担当しないとわからないところがあります。たかが数百人の組合でもそうですからね。政治運動となれば全国的ですから、カネが流れてないと、とてもダメなんですね。

それから、さっきもいいましたように、資本家は同じ資本家だけを応援しているかといえば、意外にそうじゃないんですよ。両方に寄付して万全を期しているわけです。

知らないと意外に思っちゃうけど、それは慣例になっているから、平気で受け入れるみたいなことになってるんです。お金持ちのほうも、両方にやっておけば安全だろうと思う要素があると思いますね。

つまり、カネの流れをある程度よりもケチ臭くすると、一切の反体制的な政治活動とか労働運動、そういうのが全部、無に帰してしまうというか、すべて成り立たないんですよ。資本家は自分のカネ儲けと、資本家同士の結びつきはやるけど、労働組合は何もしないかといったら、それはウソで、ちゃんとやってるんですね。両方で抜かりなくやっているんです。

それをある程度以下にきざむのは、ちょっとおかしいんです。たとえば六〇年ごろでも、全学連の主流派の幹部連中が、右翼の田中清玄から三〇〇万円ぐらい借りたというんですね。そしたら、借りた男と田中清玄がレストランで会食して飲んでいるところを共産党に写真を撮られちゃって、世間に向けて悪宣伝されたんです。

たとえば柄谷行人なんかは、雑誌の座談会で、あいつら幹部どもは右翼のカネをもらったりしてよくないとかいってるわけです。そんなことをいうインテリが大勢いるんです。だけど、僕はそうはいわないんです。僕の原則は、右翼だろうが左翼だろうが、寄付されたカネはみんなもらっちゃえってことです。その代わり、応分の宣伝はする。だから、僕にいわせれば問題にならないんです。柄谷は実際の活動を何も知らないくせに、おかしいとかいうんですが、僕なんかは冗談じゃないよって思いますね。

そのとき、全学連の首脳が僕のところにきて、こういうことで困ってるから、何とかならないもんですかねって相談したんです。それで、俺に何か書けというなら条件がひとつある、田中清玄の悪口を書いてもいいかって訊いたら、かまいませんよっていうんです。「いくらぐらい借りたの?」って訊いたら、「三〇〇万円ぐらい」ってたしかいってました。それで僕は『読書新聞』に書きまして、連中は助かったとかいってましたけどね。

助かったもヘチマもなくて、ようするに、そんなことは問題にならない。つまり、あれだけ多くの人が全国的に動いてるわけですから、ずいぶんカネがいることぐらい、すぐ判断できるわけです。三〇〇万円なんてのは問題にならないくらい少額なんですよ。それを寄付したからって、威張るほうもおかしいけど、それを告発するほうもおかしいじゃないかっていうのが僕の主張でした。

同時に、知識人がけしからんと思うのは、「おまえ、何もやったことがないんだよ」ってことなんです。つまり、ひとつの政治的な運動に類することが起こったときに、何人が動いて、どれくらいカネがいるかってことが、一度も体験したことないからわかってないんですよ。

たとえカネをもらったところで、カネをくれた人のイデオロギーに沿って運動するなんてことはないですよ。カネを出すほうは黙って出す、もらったほうが「ありがとう」ってお礼をいって、それでいいじゃないかというだけのことです。

そういうことが、なかなか一般大衆にはわからないところです。政治家や政治政党は、いかにカネが必要で、いかなる使い方になるか、いかなるところから寄付を受けているか、そういうのは当事者ならみんなわかり切っていることなんですね。そんなことをほじくるのは愚の骨頂だと思いますし、また、みんなでウソをついておきながら、政党が対立してるとかっていうのはまったく滑稽なんですよ。

まあ、テレビや新聞が一番、馬鹿の大将ですけど、どうせ騒ぐんなら、「政治家たちは馬鹿だ」ぐらいのことを報道すればいいのに、一般大衆と同じように「あれはおかしい」とかいってるんですからね。

ノーベル賞をもらった名古屋大学の野依さんが、税金の申告漏れを指摘されて、修正申告を出したということまで新聞ネタになってましたね。そのあと、ご本人がテレビに出てきて「世間知らずなものだから、どうも失礼しました」とかいってるわけです。そこまできたら滑稽の極致ですね。

■関心の高まりはいい　追究のしかたに問題あり■

内田　いまのような状態は、この数年に顕著なことなのでしょうか。六〇年代や七〇年代には、悪の形にしても、政治的なものの形にしても、もう少し違っていたと考えていいのでしょうか。

吉本　いまの状態は、ある意味ではいいことではないでしょうか。以前は、まだ一般国民が、どうして共産党が三〇億円集めてきたのかとか、そういうことを考えるまでいかなかったんじゃないでしょうか。そのあと市民運動が出てきたり、市民の間から「巨悪だ」みたいにいわれるようなことが出てきたり、だんだん関心が高まってきたわけです。そういうことが問題になってきたという意味では、いいことなんじゃないでしょうか。

だけど、その追及のしかたや、取り上げる問題のあり方、そういうのは全然お話にならないと思いますけどね。あまりに幼稚でヒドイじゃないかってことになって、意味がないんです。

どうして、こういう騒ぎになるのかというと、やっぱり一般の人たちが相当関心をもちだしたからではないでしょうか。それは社会機構の高度化と関係があるでしょうけど、割合に関心をもちだしてきたといえるんじゃないでしょうか。

そういう意味ではよくなったといえるように思います。以前は事が隠密裏に済んでいたのが、いまではなかなかそうはいかなくなったわけですから。

内田　よくなったというのは、たとえば坂口安吾の「堕落論」みたいな意味でですか？

吉本　いや、そうじゃなくて、二元論的にいえば、ということです。いい面とは、政治国家に対する政治的な関心が一般の人に旺盛になってきたという意味です。しかしその一方で、追及のしかたや、やり方はてんでダメだ、そこまで一般市民や庶民の人たちは啓蒙されていないんだということです。

内田　国民的合意にまではいっていないということですね。

吉本　そうですね。もうひとつはやっぱり、普通の人も追及される側と同じようなことはやってますから。非難したところで、「おまえもやってるじゃないか」といわれちゃうわけです。だいたい、同じようなことは社会生活をずっとやってきた人はみんな知っているわけですよ。たとえば、税金をごまかすなんていうのは、誰もやらない人がないくらいにやってるわけですよね。

それは昔からそうで、ねずみ小僧が、最後に捕まって「いよいよ年貢の納めどきか」なんていうじゃないですか。「年貢の納めどき」というのは何なのか。いままでごまかして年貢を納めないできたんだけど、とうとう、これは納めざるを得なくなったよという意味なんですね。そんな具合に、年貢なんてのは一番あとに納めればいいというのが、市民社会の常識なんですよ。

だから、少しぐらいのことで文句つけることもないじゃないかって、普通の庶民は思っていて、自分が年貢を納める場合も、一番最後に納めればいいんだとか、いよいよ追及されてから修正申告すればいいんだとか、そういうふうに思っているわけですよ。税金を喜んで出す奴はいないですから、「どうせあいつらロクなことに使わないんだから、税金なんかできるだけあとに納めればいいし、少なく納めればいいんだ」って、庶民はみんなそう思ってるんですよ。だから、本心では政治家が秘書の給与をごまかしても、どうってことないと思ってるんです。

あれは、ただ相手をやっつければいい、おとしめればいいという意味合いでやっているわけですから、つまらないことに五万円渡したとか、あとで使っちゃったとか、そういうことを問題にするわけですね。しかし常識的にいって、そういうやり方はおかしいのであって、政治家が追及するのもおかしいし、庶民の人が追及するというのもほんとはおかしいんで、「おまえだって、しょっちゅうやってるじゃないか」っていえば、その通りなんです。「年貢の納めどき」という言葉があるくらいだから、税金なんてできるだけごまかして、一番最後に「しかたがねえや、出そうか」って払うのが常識的でいい方法だと思いますね。

政治家だって、そこまで押さえて追及するなら、やる価値があると思います。そこまでとことんやるべきで、それを中途で止めたりするから、とんでもない、おかしなことになっているんです。

たとえば、石原慎太郎という人は東京都知事ですが、政治家としてはプロじゃないですね。半分だけはプロだけど、半分はプロじゃないです。どうしてかというと、あの人は格好つけるから、カネが流れないんですね。石原さんが政党をつくったとして、カネを流してくれる資本家がいるかといったら、めったにいないでしょう。あの人は格好ばかりつけているから、「あいつは手を汚して金融機関のために何かやってくれた」ということはないんです。だから、清潔だといえば清潔だけど、政治家としてダメだといえばダメなんです。何だか中途半端な奴だといえば、その通りだとなっちゃうんですね。

いまは、カネの流れがいい奴がどうしても政党の首脳になるんです。だから、そういう意味合いの寄付はいくら以上は一切なしとするか、もらわないと決めればいいんです。それをやらないと、やっぱりカネの流れのいい人が政党の首脳になり、流れのわるい人は首脳にはなれないわけです。

石原さんもカネの流れがわるいもんだから、都知事みたいな半分儀礼的な役割ならできるんですけど、国家の政治家としてはダメなんです。

石原さんはもともと中川派だったんだけど、やめたわけですよね。名前だけは知られていたから、中川一郎が死んだら、あいつが中川派の長になるというのは、誰でもあのころは常識的に思っていたことなんだけど、ならないんですよ。それはなぜかというと、何派でもいいけど、その政党のある派の首脳になれば、必ず手を汚さなければカネは流れてこないというふうにできてるからなんです。

石原さんにはそこまでの器量がないというか、度胸がないというか、文学者だからということもあるでしょうけど、つまり汚い真似までして派閥の大将になる気もないやと思ってるんでしょうね。だから、半分は儀礼的な役割ですむような都知事なんかは非常によくやれるんです。あんまりインチキもしないし、ポッポに入れる額も少ないしっていう感じで、結構よくやってるほうじゃないかと思いますね。

だけどほんとうに僕がいいたいのは、資本家からカネが流れてこなければ維持できないような政党とか派閥なら、やめたらいいじゃないかっていうことです。そういう政党はやめちゃったほうがいい。自民党も民主党もやめちゃえっていうことです。

さらに、カネをポッポに入れたり、人の給与を使っちゃったり、タダで人をこきつかったり、そういうことをやる政党はやめろっていうことです。共産党も社会党もやめちゃう以外にないよっていうことです

すると、誰も政治する人がいなくなっちゃいますけど、ほんとはいないほうがいいんです。政治をする奴がいなくなって、しょうがないから当番で替わりばんこにやろうってことになれば、それがいいんです。内田さんがやったら、次は誰かがやるっていうふうになればいいんです。そうすれば贈賄収賄もあんまりしなくなりますしね。

■阪神淡路大震災と東京大空襲の体験■

内田　去年九月にアメリカでテロがありましたが、何か大きなことが起こっているような気もします。また宣伝かもしれませんが、ブッシュ大統領はテロ以降の時代を印象づけるようなことをいったりしていますね。若い人のなかにもそういう影響を受けて、ものを考える人がいるかと思うんです。

でもいまの時代は、そういう大きなことを考えられる時代なのかという疑問があります。日常的な小さいことには注意がいくわけですが、世界的な大きなことを考えることができるのかと、そういうこと

が突きつけられているような気がします。

大きなことのひとつには、グローバライゼーションなどの問題があります。それから、個人的に思うのは、東海地震とか南海地震とか連続的に起こるのではないかといわれていて、けっこうこれも巨大現象だという気がするんです。

私は関西でたまたま震災を経験したこともあり、以前に「カタストロフィー」について考えたことがあるのですが、ある人は、ニューヨークのテロはカタストロフィーとまでいえないんじゃないかというんです。広島原爆では、人体が焼ける匂いなどが街全体を覆うような悲惨さがあって、未曾有のカタストロフィーが起こった、しかしこんどのテロは、広島原爆に匹敵するような事件なのか、ああいう大きな事件をどう読み込んでいけばいいのかと思うんです。

何かまた起こるかもしれませんし、大きなことがどこかに隠れていて、バーンと起こるかもしれない。それなのにいつも表層にある小さいケチな話に埋没しているんです。吉本さんにとって現時点での大きな問題は、どういうことなのでしょうか。また地震は吉本さんにとってはどういう体験としてあるのでしょうか。

吉本　僕は関東大震災の直後といっていい時期に生まれたんです。それまで親たちは九州にいて、ちょうど震災後の復興期に東京にきたらしいので、僕は全然体験がないんです。地震の体験はない代わりに、戦争では三月一〇日の東京大空襲を経験しています。下町全域が焼夷弾で燃えて、たくさんの死者が出ました。空襲の翌朝、僕はそちらのほうに知り合いが多いものですから、消息を尋ねて行ったら焼け野原になっていました。それから、煙の匂いや死者の匂いが鼻をつきました。まだ燃え残りがあって煙がすごく、あとで目がとても痛くなるんです。死体がそのまま道端にゴロゴロころがっていました。

そういう体験があります。阪神淡路大震災のときはいろいろ考えさせられました。一挙に六四〇〇人が亡くなったわけで、これは大変なことだと思いました。

地震の直後、地元の人で、知り合いではないんですが、キリスト教関係の人から電話がかかってきたんです。「吉本さん、そんなのんき気な声で話されては困ります」とたちまちいわれちゃったんですが、その人は後始末の段階ですぐにビラをつくって、略図に水のある場所を印でつけて配ったりとか、そういう活動をやっているというんですね。

感心して聞いてたんですけど、一番、僕が考えさせられたのは、その人が、焼け出された人に仮設でいいから寝る場所を提供してほしいと、役所へ仲間と押しかけていったという話です。そこでは、半分は脅しで、短刀か何かをもって、「ちゃんということ聞け」とか「すぐにやれ」とか、そういうようなやり方で交渉したんだというんです。だから「吉本さんみたいにのん気に構えてもらっては困る」って、そういうお説教をくらって、こっちは「そうですか、一生懸命に気をつけるようにします」といって、新聞を気をつけてよく読んだんです。

そうしたら、しばらく経ってから、神戸の役所からそのキリスト教団体の本部に、牧師どもが刀をもって脅かしにきたという連絡が入ったっていうんです。それでその人たちは、キリスト教団体の本部からお説教をくらって、てんやわんやで大変なんだっていうことでした。

一日で死者五〇〇〇人という規模、多くの家が壊れました。それで精神的なショックを受けないはずがないという想像力は、僕の東京大空襲の体験からもよく働きました。いろんな意味で大変だなって思いました。復興が大変だということ、また精神的に大変だということ、それが正常に復するのは大変だということ、そういうことを含めてとても大変なことだと思いました。

戦争なら、どうせ空襲で爆弾を受けたらやられちゃうんだっていう覚悟があります。それでも大変なのに、平和な時代に、そんなことは夢にも思わないのに、一度の震災でひと晩に五〇〇〇人が亡くなったわけです。この精神的な打撃はよほど大変じゃないかという想像力だけは働いたんですね。戦争中の実感があったから、割合に想像力をたくましくすることができたんです

■テロ事件報道に隠されていたウソ■

吉本　こんどのアメリカのテロの場合でもそうです。公開された情報の受け止め方を間違えちゃいけないと思って、あの日からいっそう気をつけて、ＮＨＫと民放を交互に聴いていたんです。それで、阪神淡路大震災も含めて、戦争中の体験も含めて、こんどのテロについて聴いていていて

得したなと思えたことがあるんです。それは、ブッシュ大統領の演説をテレビで流れているのを聴いていて、どうもチグハグに思えたということです。

不意打ちに飛行機でビルにぶち当たられた、その重大さをブッシュは真っ先に「戦争の概念が拡大した」といったんです。最初の演説でね。「ああ、そういう認識か」って、僕らは何となくわかるような気がしたんです。ブッシュは、テロ行為と死ぬ覚悟でぶち当たったことをいってるんだと思います。その二つを主な柱とすれば、戦争はどんなやり方でもできるということになった。つまりは戦争の概念が変わったという意味合いのことをいったんですね。

たしかにそれはそうで、理念的には、あのテロで戦争の概念は無限大に拡大したといえば、いえるわけです。ブッシュが真っ先にそういうことをいったのは、やっぱりアメリカの責任者だけあるなと思って聴いたのがひとつです。

もうひとつ、これはおかしいのですけど、ブッシュの演説を聴いていると、社会主義であろうと、共産主義であろうと、資本主義であろうと、世界中がみんな味方であって、不意打ちのテロを命知らずでやる奴らだけが敵であり、悪であるといってるんです。相手は絶対の悪党であって、あとは全部が永久の善のために戦うんだというわけです。これはオヤオヤというか、「ずいぶん勝手なことをいう奴だな」と思っただけで、とくに感心はしませんでした。

それから、ブッシュが何を指して「けしからん悪であるテロだ」といっているのかとよく聞いてみると、都会のビルで人が正常に働いているところに、命知らずで不意打ちにぶちあたって破壊しちゃったということなんですね。それが、アメリカ人にものすごいショックを与えたということなんです。ブッシュの演説を聴いていて、そういうことがわかったんです。

それから普通だったら聞き逃したかもしれないと思うのは、その間にビン・ラディンが報道記者か何かを集めて話したビデオの放映があって、そこでひとつは「思っていたよりはずっとうまくいった」ということをいっていましたが、もうひとついったことがあるんです。ビン・ラディンはそこで、「もしアメリカが核兵器を使うならば、自分たちも原爆を使ってやる」といっているんです。

ブッシュの話を聴いている限りでは、反対に受け取れるんです。「あいつらは何をするかわからないから、核兵器を都市にぶち落とすこともあるかもしれない」というような意味合いですね。ブッシュは戦争の概念の拡大を、そういう意味合いに通ずるようにしゃべっているんです。でも、ビン・ラディンの話を聞いていると、そうはいってないんですね。「アメリカがもし核兵器を使うなら、自分たちも核兵器で報復する」といっているわけで、自分たちが先にやるということはちっともいってないんですよ。

これはびっくりというか、ブッシュがいっている話と印象が違う、ブッシュがいっているのは誇張だなとわかるんです。

そのすぐあとに、たん素菌事件が起きましたが、テレビを聴いてると、「これもあの連中がやったんだ」と思えるようにアメリカは報道しているんですね。日本のＮＨＫは、それを真似して、同じように報道しているんです。ブッシュは、これはイスラム原理主義者がやったんだ、あるいはビン・ラディンの指図でこれはやったんだと聞こえるようにいっている。だけど、ブッシュの話を最後のところまで注意して聞いていると、誰がやったとははっきりいっていないんですね。細菌に感染した人がいるといっていて、それをいかにも、核兵器だけじゃなく細菌兵器もあの連中は使ったんだと受け取れるようにいっている、ということです。NHKもそういうふうに報道していました。

僕は注意してテレビで聴いていて、このふたつが驚いたところです。これはよくよく聴いてないと、みんなイスラム原理主義者のせいにさせられちゃってるぜ、これはウソだよって思いました。

ビン・ラディンの話を聞いていて、僕が一番引っかかるのは、乗客を降ろさなかったことに触れなかったところなんです。彼は、犠牲者のことや乗客を道連れにしたことには一切触れないで、思ったよりもずっとうまくいったということだけをいってるんです。「これはまた手前味噌なことばっかりいう奴だな」って思ったんです。

ブッシュもそのへんはうまくて、NHKがうまかったのか知れませんが、いかにも、あいつらは核兵器をいつでも使うぞと思わせているし、細菌兵器もあいつらが使ったんだというふうに思わせています。それで、ブッシュのいうことを信用したらお話にならないよって、ますます思ったわけです。

しかもNHKの報道記者は、「自分たちはアメリカ政府および日本政府の意向によって報道しているのであって、これは評論家が勝って気ままなことをいってるのとは違うんだ」ということをいったんです。これも精密に聴いていないと聞き逃すだろうけど、僕はよく聴いていたから、ちゃんと知ってるんです。よくもまあ、こういうことをヌケヌケというなというくらいびっくりしました。

■ブッシュは真珠湾攻撃もテロ行為だといった■

吉本　余計なことをひとついいますと、ずいぶん反省もさせられたんです。つまり、太平洋戦争中の実情認識について、「俺はちょっと違うように考えていたな」っていう点がわかったんです。

ブッシュの演説のなかで、これは日本と特定していないんですけど、「いまより六〇年前に真珠湾でわれわれが受けた攻撃に、こんどのテロはつづくものだ」といってるんです。これも僕はびっくりして、「ああ、そうか、彼らはそう思っていたのか」と思ったんです。

内田　真珠湾攻撃も同じテロだとみていたわけですね。

吉本　そうなんです。テロとしてみていた。それで、あいつらはよほど日本を馬鹿にしていたんだなっていうのが、よくわかったんです。僕は、日本の抵抗はあんなのとは比べものにならないくらい激しい抵抗で、アメリカ一国だったら、とても日本と戦争することはできなかっただろう、ヨーロッパだけなら相手じゃなかっただろうと、そういうふうに考えていたんです。アメリカが出張ってきて、余計なことをしたから日本は負けたけど、そうじゃなかったら、わからなかったよなと、そう思っていたんです。

ところがブッシュは、テロと真珠湾攻撃を同等に思っていたわけです。それで、あいつらは、いまのイスラム原理主義に対するのと同じように、日本は永劫の悪であると、人間扱いしてなかったんだなっていうことが、よくわかりました。僕は、日本国に対するアメリカの認識はもう少し高い評価だと、思い違えていたように感じました。

こんどのテロは、奇襲攻撃というのも同じだし、みすみす死ぬのはわかっているのに戦艦や巡洋艦に体当たりしたのも同じなんです。だから、ひとつには彼らは日本の真似をしたなというふうに思いました。しかしながら、乗客を降ろさないでぶつかったのは、オウムのサリン事件と同じやり方じゃないかと思いました。「あいつら、半世紀ほど遅れて日本の真似したらこうなった」ということなんじゃないかという感じですね。

僕はそう思ったんですが、アメリカがどう思っているかはちょっと見当違いでした。あいつら日本をそんなに低く評価していたのか、自分たちを相当に高く評価していて、日本人のやり方を相当に低く評価してたんだと。そこが、こんどあらためて思い知らされたというか、考え込まされちゃったところですね。

僕らの年代に特有の感覚なんですけど、こんなに馬鹿にされてたのなら、もっとやってやればよかったなというような感じで、それならあんまり改心するんじゃなかったなと思ったくらいですね。

僕のほうは、もっとアメリカを高く評価していたんです。たぶん彼らは、相当よく日本の事情を知っていて、よく研究もしていて、十分な準備のうえでやってたんだと思い込んできたんです。カナダの外交官で日本研究家のノーマンや、「菊と刀」のルース・ベネディクトみたいな人がいて、両方とも僕は読んで知ってますが、日本研究についてはすごいもんだなって思ってました。だから、日本に対してもっと高く評価してたんじゃないかなと思っていたんですけど、実際のアメリカはそこまで考えてなかったかもしれないわけです。いまのテロと同じで、日本なんか後進国でダメな国だと馬鹿にして、原爆を落とそうが何しようがかまうもんかというくらいの気持ちで戦争してたんじゃないかなって、そういう感じを今回のことで受けたんです。

それも政治の世界だからわからないところはあります。イスラム原理主義に対して、社会主義国も資本主義国もない、みんなが同盟して、ラジカルな奴らを敵にまわすというのは、戦略上そういってるだけかなという気もしますから、あまり確定的なことはいえないんですけどね。

■日本は太平洋戦争で精神面でも負けていた■

内田　吉本さんのなかで若干修正があったのは、日本に対するアメリカの認識についてですね。それでは、太平洋戦争から現代まで、吉本さん自身のアメリカに対するイメージには変化があったのでしょうか。

吉本　いろいろありますけど、学問的なことでいえば、僕はアメリカの学風は好きなんですよ。

ヨーロッパの学風は少し煩わしいんです。一章終わるごとに注釈がついていたり、注をつける必要もないだろうと思うことにまで注がついていたり。しかも、その注に出てくる素材は、学問的にいって同じ次元の密度をもっているものだけを採用しているんじゃないかと思うくらい、次元が揃っているという感じがします。

アメリカのほうは無茶苦茶で、何でもいいんだという感じですね。極端なことをいうと、やっちまえばいいんだ、できちゃえばいいじゃないかって、あり合わせのものは何でも使っちゃうような、そういう自由な学風は、僕は好きなんです。

それから政治家も、割合に自由でいいなと思いますね。よく日本にむこうの大統領がきて、日本の庶民と討論するのをみても、ちゃんと同じ次元で応答して、けっこうやるじゃないのって感じをもっています。

戦争が終わったときの占領軍がそうだったんですよ。新しい政策を打ち出すときや、やり方を変えるときには声明書を出して、日本人が納得いくように説いたり、とても丁寧にやっていたんですね。

まだ戦争が終わって一〜二年のあいだですから、僕も意地の悪い敵愾心をもった目で、どんなことするかなって精密に見ていたつもりでした。そしたら、日本国民の考えなんかどうでもいいようなことでも、こうするので了解してもらいたいみたいな声明をちゃんと出してやってるんです。これが一番、僕の敵愾心が軟化した理由なんですね。

「これは日本とまるで正反対だ」って感じでした。占領した国の民衆に、わざわざ了解を得るような声明を出すことは、日本人にはできないなって感じでした。こういうアメリカみたいな国と戦争すべきではない、やってもかなわないよと思わされた、一番大きな要因はそれですね。

それからあと、僕は変わってないですよ。アメリカについては占領されていたときの認識のままきました。ところが、ブッシュの発言というのは、その認識をオーバーしてしまうわけです。つまり、「なんだ、アメリカにはこんな奴がいたのか、こんなひどい野郎がいたのか」っていう感じなんですね。その前のクリントン大統領までは、占領されていたときの印象とちっとも変わってないんです。

いずれにしても、アメリカというのは本気を出すと強いぞっていう思いが、身に沁みてあるんですよ。本気になると強くて、そうなっちゃうと気ちがい沙汰で、人道主義もヘチマもなく、何でも滅茶苦茶やるからなって。

内田　折口信夫は終戦のあとに、「むこうは十字軍のようなつもりで戦っていたのに、われわれ日本人は、天皇は神だといいながら、本当は尊崇の念がそれほどなかったのではないか」という意味のことを書いています。宗教的な敗北ですね。そのあと宗教改革が必要だと主張していたのですが、つまり、物質で負けたのではなく、精神的に負けたんだということですね。

吉本　僕は占領軍のやり方を見て、やっぱりこれは物資の差じゃないよ、物で負けたというのは負け惜しみだよって思いました。精神的というか、ようするに、あっちには原理的な民主主義ができているよっていう感じです。僕はその程度で、折口さんはものすごく造詣が深いから、やっぱり宗教的な原因とみたんでしょうね。

宗教的なことでいうと、僕らは折口さんと同じように、日本の天皇というのは生き神さまだと考えているわけなんです。生き神さまに対する尊崇の度合いであって、単なる司教に対するものや国家の責任者に対するものとは違うわけです。それはロシアがいう二七年テーゼとか三二年テーゼでいう天皇制の定義づけとも違います。それで考えてみると、これはやっぱり生き神さまに対する尊崇だよっていう、僕らはそういう結論にいま達しちゃっているわけです。

ただ、信仰心はそんなに強くなかったというのは、それは折口さんが宗教的にもっと深く考えているから、そういうふうになったんだろうなって思いますね。僕は信仰心が強くなかったとは考えなくて、段階としては自然宗教に近いんだと思います。この生き神さま尊崇というのは自然信仰と割合に接点があるものだから、その延長線で十分に解釈できるといまは思っています。

だから、折口さんが考えたほど、深い関係はないのではないかと、いまはおおよそ考えているんです。その程度なんですけど、生き神さま尊崇というのだけは、確かだと考えています。

僕らも近所の神社でお祭りがあると、子どもがお神輿をかつぐとか、縁日でおもしろいから見に行こうと出かけて、金魚すくいやって、お賽銭もあげたりするわけです。家にお祭りの提灯を売りにきたら買いますし。そういうのがある限り、ほんとをいうと天皇制の根幹は、つづくんだなって思っています。それは何なんだとか、いつなくなるんだってことにはまったく見当がつかないです。

ただ、天皇家が農業的な儀式をやめるとなったときには、だいたい終わりだと考えていいんじゃないでしょうか。そんなことで「ほんとに片づくのか」とか、「おまえ、それじゃどうして縁日なんかに行くんだ」といわれると、まだ自分でも納得できないところがあります。わりと肯定的に、「お祭りぐらいいいじゃないか」と思ってますからね。

そういうところは折口さんなんかは、きっぱりわかるところまで考えた人だと思います。とことんまでわかっていて、ただ公開の場ではいったり書いたりしないだけなんでしょうね。

■精神力というのは気合や信念ではない■

内田　日本の敗戦の理由というと大げさですが、やっぱり日本には原理的な民主主義みたいなものがなくて、アメリカにはあるということが大きなポイントですか。

吉本　僕はそう思いました。日本の政府や軍の宣伝では、物量では負けるけど、精神的には勝てるといってたんです。むこうは物量が格段にあって、それでやられたらかないっこないんだって、当時の宣伝はそういってましたし、考え方が一般的にそうなってました。物量が違うことはわかって納得していましたけど、精神的にという意味合いだったら、欧米の人には自分の命を捨ててまで戦争をやっちゃうようなことはないだろうなと思ってました。それで、精神的には日本のほうが勝ちやすい要素が多いんだと思っていました。

その程度のことだったんですが、彼らの占領政策を体験して考え方を変えました。少し前まで敵だった国の民衆ですから、何を命令したって、何をいったって、文句をいわれる筋合いはないだろうと思うんです。それをわざわざことわってやるというのは、やっぱりあっちの民主主義は本格的なんだなって思ったんです。

「精神的に負けた」と初めて思ったのは、そのときですね。物量で負けたというのは、当時からいわれていて、比べてみると、むこうのほうが兵器も贅沢ですし、日本のほうはまるでダメです。でも、精神的な威力で較べれば、そんなことはないはずだと思ってましたが、それもまたアテにならないとわかったのは戦争が終わってからです。

精神力というのは、気合とか信念の意味じゃないんだよ、そこでも全然かなわないんだよってことを初めて思いました。その前は、信念や信仰とはいわなかったですけど、天皇が生き神さまだという感じがありましたから、これで精神的には強いんだって疑ってなかったんです。

もうひとつは、何でもウソだったということです。陸軍も海軍もウソばかりで、最後のころまで、まだ飛行機が残っているはずじゃないかと思うのに、空襲がきても何も飛び上がることはないんですよ。もうお話にならないという感じで、「なんだこれは、ひとつもないんじゃないか」って、そのときになって初めてわかったんです。軍艦もなかったし、戦艦大和なんて丸裸で戦争に出かけていったわけです。軍部の発表は全部ウソで、自分たちの損害は少なく、むこうは多いとばかりいっていたんです。

僕らの精神的なことに関わることでいえば、ハワイの真珠湾攻撃は明らかに奇襲攻撃です。日本の特殊潜航艇が五艘行ったんです。一艘に二人乗るんですが、五艘のうち一艘だけ浅瀬に乗り上げて捕虜になってしまいました。一人は死んだんですが、もう一人は捕虜になりました。だけど、新聞には真珠湾の特別攻撃隊の九勇士と書いてありました。九勇士というのはおかしいじゃないか、半端じゃないかって、ちょっとそのとき疑いをもったんですが、すべてがそうだったんですよ。

■戦中と戦後で異なる坂口安吾は不思議な人■

内田 坂口安吾の「真珠」という小説に書かれてますね。安吾の場合、精神的に負けたという感覚があったのか、戦後に「堕落論」を書きます。あれはどういうふうに理解したらいいんでしょうか。

吉本 不思議な人ですからね、坂口安吾って人は。あの人はようするに、戦争中はあんまり書かなかったけれど、でも書いた小説は、軍事的なことや社会的なこと、内田さんがおっしゃるような大きなことについてはあんまり書いてないんですね。女の子と同棲したとか、そういう主題に限るってことと、初期のころは非常に叙情的な短編をたくさん書いてました。どうしてこの人はこういう小説を書くのか、よくわからないところでした。

それで、戦争が終わったらすぐに「堕落論」を書いて、たいへん立派なというか、しっかりしたことを書いているんですね。戦争はダメだってことも、もちろん書いているわけだし、自分もそんなことに積極的になったことはないって書いてます。小林秀雄論の「教祖の文学」というのがあるんですけど、それもいいものです。作品として芸術としていいという意味合いでは、そうでもないかもしれないけど、態度がいいといったらいいんでしょうか、思想がいいというんでしょうか、そこがいいんですよ。

戦争が終わってわりとすぐに書いたものでもそうなんです。変な人だな、不思議な人だなと思ってましたね。さればといって、戦前や戦中に左翼的な運動をやったなんてことはちっとも聞いてないし、「この人、変な人だ。不思議な人だ」って印象があって、それがどこからくるのか、よくわからないといえばわからないです。

しいて僕らが文学的な理由をつければ、この人は大きなことが嫌いな人ですね。僕らにはいまでもないことはないのですが、文学というのは小さい主題を小さく書く、それが文学なんだという基本的な考え方があるんですけど、それはとてもしっかりもっていたのではないでしょうか。

大きなことは、おっかないことなんだ――おっかないというのは、どう書いたって、隙が多く出てくる問題だってことがあって、あんまり大きなことは、文学にはならんという考えを徹底していたんじゃないでしょうか。そういう解釈しか理由が見つからないんですけどね。

坂口安吾は東洋大学の人でしたけど、東洋大学はなおさら大きなことばっかり取り上げそうな気がするんだけど、それをしないんですね。そういうところでも、不思議な人だなあという感じですね。

織田作之助でも太宰治でも、多少は何かいえばいえるじゃないのというところがあるんですが、坂口安吾にはそれはないんです。それが不思議で、どこからくるのか、ほんとによくわからないんです。坂口安吾論はいくらかあって、「戦争を讃美しないで抵抗した」みたいな、そういういい加減なことはたくさんいわれてますけど、そうじゃなくて、作品からみて本質的にそうだっていうところをちゃんと追求した人は、いまのところいないんじゃないでしょうか。

戦後に覚せい剤中毒になったり、小田原競輪は八百長だとかイチャモンつけたり、変なことをするんですね。死ぬときは桐生の南川潤という大衆小説を書いた作家の近くに住んでたんです。僕は一度、桐生に坂口安吾のことを話しに行ったことがあるんですけど、地元の人たちは、あの人は夜遅く酔っ払って、よその家の窓ガラスを叩いてまわったりして評判がよくないんですよっていってましたけど。とにかく死ぬまで通したといえば通した人なんです。

そういう不思議な人もいて、僕なんかは、そういう意味合いでいったら失格なんです。つまり、ときどき大きなことを書いたりしますからね。ほんとはそんなこと全然しないほうが真っ当なんでしょう。

■特徴的な活動をした非転向の戦中派■

吉本　僕は若いころ、大きなことはあまり書かないで、詩ばっかりつくっていたんです。そうすると、詩だけでまっとうするには、堀辰雄みたいに病気で寝たきりになったりする。そういうことは日本では成立しないというのが僕の教訓だから、僕なんかは逆に、そのときどきの社会的な問題や政治的な問題を一応は自分なりに分析して、そういうイメージをもっていないと、純文学だといいながら、うかうかしていると足をすくわれちゃうぜと思ってきました。

これで時代が変われば、また僕は転向しなくてはならないかもしれません。非転向のまんまというのは、不可能だよって思えるくらい不可能なんです。

でも、非転向の戦中派ってのはいるんです。たとえば、中曽根康弘とか、警視総監だった土田国保とか、産業界ではヤンマーディーゼルの山岡孫吉とか、そういう人たちは非転向なんです。非転向ということで全部、解釈できますね。

「あいつは非転向の戦中派だ」といえば、中曽根康弘がいったりやったりしてきたこと、これからいったりやったりするだろうことが、全部それで解釈できますね。戦争が終わったときに、「こんちきしょう、癪にさわってしょうがねえ」と思って、「いまにみていろ、日本国をふたたび一等国にしてみせるから」と決心したのがあの人たちなんですよ。僕も「こんちきしょう、癪にさわってしょうがねえ」というのは同じだったけど、僕はあとから「これはかなうわけないよな」と思って、そこでアメリカに対する意地のわるい思いは全部ご破算にしてやり直したという感じなんですね。

でも非転向の人はいるんですよ。僕らがみてるとすぐに非転向だってわかる。「堂々と非転向」といったらおかしいですけど、ちっとも悔い改めない非転向の人はいるんですよね。だけど、たいていの人はそうじゃないです。

僕らの仲間でいえば、村上一郎という人が非転向だったんです。見かけ上は戦後に共産党に入ったけど、あの人の場合はそれも手段に過ぎないんで、「アメリカ資本主義を生涯の敵とすること」というのが、あの人の内密な、自分だけに通用する綱領にちゃんと出ているんですよ。資本主義を否定することは、僕らも戦争中からそうですけど、どこで違ったんだといえば、結局、農本主義ですね。東北の農民は飢えて食うや食わずでいるとか、餓死しているとか、そういうのを黙って見ているのはおかしいじゃないかということなんです。軍人崩れの人もみんなそうですけど、右翼的な人たちもみんなそうですよ。東北農民は冷夏だったらすぐに飢饉になって、貧しい小作人の家は食うに困ってしまう。いまのイスラム教と同じで「こんなの黙っていられないじゃないか」っていうのが右翼の考え方です。それが五・一五事件や二・二六事件の原動力ですからね。

だから、ほんとをいうと、これはマルクス主義がいうような右翼ではないんですよ。マルクスとしては、後進国における革命は、農本主義的にいくんだってちゃんといっていて、それは正しいと思いますね。

そういう意味合いでいうと、村上一郎は共産党には入っていたけど、それは名目だけであって、まっとうできなくなったら自殺するよりほかになかったんです。

中曽根は、村上さんと同じ海軍の主計中尉だったのが終戦でポツダム少佐になり、村上さんは主計中尉だったのが終戦でポツダム大尉ということになって終わったんです。だから、改心なんてちっともしてないですよ。癪だ癪だと思って、悔しいから黙っていられない。それじゃオレが政治家になって、オレが実業家になって、元通りの日本国にしてみせるとやってきたんでしょ

う ね。

そういう人もいるにはいるんですけどね。たいていはそうじゃないです。

だから、坂口安吾みたいな人はほんとによくわからないんです。大きいこと、イデオロギー的なことはあんまりいわない人ですし、それでいて堀辰雄みたいな純文学中の純文学とも違います。

そうではなくて、あれだけハッキリしていて、戦後すぐにまっとうなことをいえた人なんて珍しいですよ。だから、あの人は文学の世界で評価されているよりも、もう少し高く評価していい人じゃないでしょうか。そう思いますけどね。

■三島由紀夫にとっての戦後社会と天皇制■

内田　安吾にとって敗戦は「堕落論」などを考えるうえで大きかったと思いますけど、その後に高度経済成長が始まるプロセスがあって、僕が大学生のときに三島由紀夫が自殺するんです。三島由紀夫は、対アメリカの関係で日本には精神的な敗北があったと考えているようですが、本格的な民主主義は志向しませんでしたね。むしろ戦後社会にある種の失望感を抱きながら死んでいったような気がするんです。それは日本に本格的な民主主義をつくり上げることの困難さがあるからなのか。それとも本人のなかに戦前と戦後をつなぐ一種独特の趣向があったのか。

三島由紀夫をみていると、何か日本というものが閉じているように思えるんですけど。

吉本　三島さんという人は、僕らと同じ年代だから、割合に初期から知っていました。初めは詩を書いて、京都の『岸壁』という雑誌に出したりしていました。また戦争中に「花ざかりの森」という古典を素材にした近代小説を書いています。僕らは同世代として彼の詩や「花ざかりの森」などを読んでいまして、大ざっぱないい方をすると、この人は近代主義者だなっていうのが僕らの印象でしたね。戦後になってだんだん民族主義的になっていって、その極まるところで亡くなったという気がするんです。

だから、僕なんかと反対な意味で、転向した戦中派だといえるんじゃないでしょうか。戦争中は、古典を素材にしているけど小説そのものは近代的で、非常に新しい感覚もありました。この人は近代主義的な人だなと思っていたのに、あれよあれよという間にこんどは右翼的になっていったというのが、僕にはほんとによくわからなかったですね。

ちょうど自殺するころの、たとえば「文化防衛論」を戦争中に書いていたら、僕らは一も二もなく賛成しただろうと思うんです。だけど、戦時中はもっと近代主義的な小説を書いていて、亡くなるころになって民族主義的になったわけです。

「文化防衛論」では、文化としての天皇制みたいなことをいっていて、政治的なことにはあまり触れていませんね。戦前の天皇は政治的な大将だったし、大元帥だったから、陸海軍の統率は直接的に天皇に属していたわけです。つまり、軍隊は天皇直属なわけで、軍隊については内閣の承認を必要としないことになっていたんです。

三島さんは、文化としての天皇制を論じて、「天皇制がないと心棒がない」ということをいうわけです。典型的にいえば、『万葉集』から『新古今集』まで、歌集はみんな勅撰だから、最後は天皇がみています。ひとつひとつの歌をみて、自分もつくる。日本の古典的な詩はそういう時代を経ているわけだから、そこが一番の重点だというふうに三島さんは考えて、文化防衛論のように、天皇は文化的な中心として置いておいて、軍事的なことは全然関与しないという形を描いたんだと思います。

それでいて、三島さんでは近代主義が教養や知識の範囲にちゃんと入っているし、小説では「金閣寺」みたいなものをとっても、近代小説の条件をちゃんと揃えているわけです。

それに対する否定的な面として、どうして三島さんは戦後の社会がだんだん気に喰わなくなってきたのかということなんですが、日本国というのはそういう特性だったんだよとか、それはずっと変わらないんだよといったほうがいいのかもしれないと思うんです。

戦争中の右翼的な人も、天皇主義者的な人も、ある程度同じように考えたんですけど、みんな最初に農民の貧困は許せないと思っているんです。それじゃ、農民革命を起こして、政府も入れ替えるところまで考えるかというと、そこまでは考えないんです。

農村革命、農業革命をするのはいいけど、その代わり、天皇はそのままにしておいて、その中間の資本家や企業家や金融家、そういう連中を除けばいいんじゃないかと考えるわけです。つまり、貧困から離脱した農民が天皇と直接つながり、そうすれば直接の交渉ができるし、信頼関係も生まれる。そうなったら理想的だというのが、戦争中の右翼的な人たちの考えでした。

三島さんもある程度は、天皇はそのままにして、伝統性は天皇にすべて預けて、広い意味での文化はみんな天皇に預けてしまおうと考えるわけです。あとは戦争中の右翼と同じで、農民がちゃんと働いて、生活できるようになればいいんだと。工業や商業になって発展していくことや、文明的に発達することは、二番手の問題と考えるんです。三島さんもほぼ同じ考え方だったんじゃないかなと思いますね。

彼らは、景気がいいとかわるいとかは、天皇と農民の中間にいる奴らがいってることで、天皇と農民は、ちっとも金持ちにならなかったし、富んでもいないじゃないかというんです。だから、上と下だけは残して、中間はみんな取っちゃえという考え方になるんではないでしょうか。三島さんもだいたいは似ているんですが、ただ文学者だから、とくに文化に関心があって、古典に関心があると、どうしてもそうなるんですね。

ほんとうに大学で国文学をやった人は、だいたい古文書を読めないと一人前じゃないとなっているんです。そうなると、宮内庁書陵部というのがあって、そこへ出入りしないで古典を本格的にやるのは、ちょっとおかしいよってことになるんです。いまでも実質はそうなんですよ。

宮内庁書陵部にしかない文献はたくさんありますから、そういうところに出入りしていると、ひとりでに天皇が中心ということになるのではないでしょうか。それくらい根深いと思いますね。日本の古典文化は訳がわからないものですけど、訳がわからないまま身につけることを本職でやると、どうしても天皇を尊重しないと話にならないってことになるんじゃないでしょうか。だから、三島さんもそういうふうにいえば、天皇が身近だったんじゃないかと思いますね。

内田　長いお時間、どうもありがとうございました。

★学ぶコメント★

★思想態度、精神と情況変化へのマネジメント

情況はその時々で変化する。だが変化する。そこへの見解や意見も自ずから変化する。だが変化しない関係性がある。それは自分による自分への態度を規準にすることである。そしてもう一つ、歩く・癒す自分の自律性 autonomy である。これは歴史環境の中で表出表象を変えるにすぎない。自己技術と自律性の間で、倫理と政治的態度とが決まっていく。対象や他者がどうあろうと、関係の絶対性に本質変化はない。奥底で感官の感覚や情緒や感性が、共同的な心性との関係をもちながら保持され変容したりする。

政治的制度と政治的態度は違う。経済的制度と経済的態度は違う。この違いは、その時々の社会的制度と社会的態度において、統合構成的に違ってくる。大衆的ないし民衆的感覚と市民的感覚ともズレが起きてくるし、知的な疎外の仕方も変わってくる。吉本情況論からわたしが学んだことは、そうした複相性が対象化されてあることと、そこへの自己技術の画定的な仕方であって、語られたことへの同調でも反発でも、歓びでも落胆でも納得でもない。考えるヒントが、小林秀雄以上に明証にあるということであるが、わたしにとっては、あくまで本質論的シニフィアンの探究を働かすことである。だがその筋だけでは不足と感じ内田氏に聞き手の応援を頼んだ。

この九年後、東日本大震災が、そしてフクシマの原発爆発が起きる。吉本発言は、ここと同じトーンでなされた。反核異論から一貫している。

わたしは、自分で被災地の現状を視察し、また南相馬市から許可をえて、汚染区域へ防護服を着て視察する。知人の国会議員の手配を断り、自分の足で観=感ずる。完全崩壊した平地の少し上に神社がポツンと、ここより下に住むなと示しているように残っている。また激しく動く線量計よりも、鳥居や灯籠が壊れたまま放置されているほかない神社に衝撃を感じ、吉本『共同幻想論』を徹底して見直そうと決意し、その翌年吉本さんが亡くなられたこともあって、古事記を徹底的に読み、『国つ神論』として整理した。現実情況に対応しての知的情況への本質論からのアプローチである。また、科学が自然過程的に進行するなら、それは主客分離の二元論物質科学から、主客非分離の「述語的生命科学」へのパラダイム・シフトであり、非原発であると、わたしにはなる。

政治と金、運動と金、という問題へコメントするものはないが、根本的に、政治家も企業人も運動家も大学人も「マネジメント」技術力が日本ではない。茶番は、国会での犯人探しと吊し上げと虚弁の「スキャンダルの政治ごっこ」に今もあふれている。官僚は「記憶にございません」と自分の仕事さえ喪失する。それぞれ生き残るに必死だが、嘘は嘘だ。また正直が他者に良きことになるとは限らない。正直が転倒することさえある。ただ、進歩知識人や大学人の「正義面」には反吐が出るのも、自分が作っている事態を棚に上げて「学問の自由を守れ」などと呆けている。「最善が最悪である」ことへの自戒がないのだ。押し並べて、人とマネーへの「マネジメント力」がない。賃労働している限り、それは放棄されている。

アメリカに成熟した民主主義があるとわたしにはとても思えない。二律背反の技術的処理の仕方から戦争実行か否かなど物事を決める。メキシコ側から見るとただの「グリンゴ」だ。西欧でも、イギリス、フランス、スイスではソーシャルな仕方がまったく違う。日々民主主義など西欧にない。ひとそれぞれの体験があり立場があるが、千年に一度の才人と市井で日々黙々と生きる民との存在価値に違いなどはない。文学はそこをよく表出している。

規範や常識が強いられる規制の中で、それに抗して自分が自分であること、個人が一番強いこと、学生時代から吉本思想を学び身につき、メキシコで磨き上げた実感がわたしにはある。右だろうが左だろうが、地位が高かろうが低かろうが、理不尽なものには絶対に従わない。情況変化に抗する自己技術力である。

現在への発言❺

家族・老人・男女・性愛をめぐって

談話収録▼二〇〇二年一〇月七日
聞き手▼内田隆三・山本哲士

■三世代同居を理想とする日本の老人たち■

内田　敗戦となって、人々が戦後の時代に何を軸にして生きるかという問題にぶつかったとき、大きくは三つの選択軸があったように思います。一つは、坂口安吾が「堕落」を一つの道筋としてみたように、大きな共同幻想が破綻したことで、これからは「私」という線を伸ばしてみようということです。もう一つは、折口信夫が改めて宗教改革をやろう、神道の普遍宗教化をはかろうという意味のことをいっていますが、ある意味で共同幻想の水準で革新を考えていこうということです。そして三つには、柳田国男がいったように「家」の再興だったと思います。

しかし、徹底的な「私」にまでは「堕落」しきれない、かといって「神」も信じられない。そこでやはり「家」が出てくるのですが、かといって柳田的な伝統的な「家」への回帰もむつかしい。それで結局、「マイホーム」という新しい家庭のあり方が着地点になったのではないかと思います。

戦後の家庭のあり方は、明仁皇太子の御成婚の形をひとつのモデルとみることができると思います。戦後という時代は裕仁天皇だけではなく、明仁皇太子と一対で考えていかなくてはならないだろうと思います。

都市郊外にニュータウンが造られ、夫婦中心の家庭をエロス的に強化したり、所得倍増やマネービルといった形で経済的に強化したり、いろいろな記号が投与されて、戦後の家庭というものが形成されていく。戦後の国土計画や都市計画も、結局は家庭という所に帰着しますし、高度経済成長政策も消費の文化ということで考えれば、その主体を家庭においていたと思います。

戦後の家庭に対する肯定の言語はいっぱいあります。それはテレビドラマにも文芸的な表現にもありますね。ただ、それらのなかで私がちょっと気になっているのは、戦後のミステリー風の大衆小説なんです。たとえば水上勉の『飢餓海峡』、松本清張の『砂の器』、森村誠一の『人間の証明』などの戦後ミステリーは、ある種の説話的な類型をもっているように思います。それは、成功した人間が挫折するという構造ですね。

水上勉の『飢餓海峡』ですと、昔に関係のあった娼婦が「私はあなたを知っている」といってやって来て、それを結局殺してしまうという悲劇になっています。私は、そこでは「家殺し」が行なわれている感じがします。主人公の樽見京一郎にとって、その娼婦は対幻想のメタフォリカルな対象でしたからね。『砂の器』ですと、犯人は父親の代りになった人物を殺してしまう。『人間の証明』ですと、アメリカからやって来た、かつて黒人兵との間に出来た自分の子どもを殺してしまう。ようするに、妻に類似のような人を殺し、父親代わりの人を殺し、実の子どもを殺し、という凄惨な話です。そうした血のきずなにある者を殺すといった説話が、一九六〇年頃から大衆的に消費されていきました。

同時に他方では、自民党的な「良妻賢母」といったいい方で、家庭をジェンダー的な役割分業のシステムのなかに構造化していく、それで成長を支えていくという家庭づくりが行なわれてきました。そのことと家に関する凄惨な説話の消費との落差について、ずっと考えてきたんですが、なかなか答えが出にくいんです。

私としては、戦後の家庭はおそらく、天皇の神格が消えていったところから出てきたような感じがするんです。そういう戦後の家庭がずっと残ってきたというか、現在あるわけでして、そのへんでの家庭の意味とか、あるいは家庭のきずなとかが、いまどういう位置や顔を社会のなかでもっているのか。そういったことについて、お話をお聞きしたいと思うのですが。

吉本　いやあ、大変難しいことを考えてるんだなあと思って、いまお話を聞いていたんですが、僕は実感的なことだけでとくにそんなふうに考えたことはないんです。あなたがおっしゃる「家庭」が、どういう意味で使われているのかわかりませんけれども、「家族」という概念でいえば、それは壊れかかっているなあとか、いやもう壊れたとか、そういうことを思いますね。

家庭といわずに家族というのは何かというと、男女の対幻想を核とする関係の世界ということになります。一対の男女を核として、一世代後の子どもの世代があり、一世代前の世代があり、この三世代が一つの家族として同居することは、いまではめったにないわけです。しかし、日本人の生涯を考えると、三世代同居がいまでも理想的な状態になっていると思います。アンケート調査などからみると、それはかなりはっきりしています。日本だけじゃなくて、広くいえば東洋ではそれが理想的だとなっているように思います。

とくにご老人だったら、それはなおさら切実な問題ですね。三代同居の生活なら、自分が暇なときは孫の相手をして遊んで、ということがあり得ます。それが宗教の代わりというと少し飛躍しすぎなんですけども、ご老人ならご老人の親愛感の理想になっていて、これはいまでもアジア的な社会に共通することだと思います。

西洋でそういう理想をいえば、たいていのご老人たちは、ずばりそれは宗教だというんですね。宗教だという人が一番多いんですよ。これは、我々の実感では不可思議なことですが、おそらく世界的な規模でいえば、老人の理想的な状態は宗教に求められているといったほうがいいと思います。宗教を介してお年寄りと孫の世代のきずなを深め、その中間にいる家族の中心である夫婦のきずなを深めていく、そうすると一番けりがつきやすいんだ、ということになっていると思うんです。

それは僕らには実感的にはよくわからないところでして、「そんなに宗教って強いものなのか」と思うし、なぜ西欧ではそうなのかがどうもピンとこないわけです。もっとも、日本でもそうであっていいといえないことはないんです。いまの日本のご老人には頼るものもないし、死を絶えず念頭に置くことになりますから、宗教に自分の生き方の調和を求めていくと、そうなりそうに思うんですが、実際にはそうじゃないんですね。アンケート調査の統計からいって、圧倒的にそうではないんです。いまなお、日本では三世代が一緒に同じ所に住んで日常的に暮らすことが理想となっていますし、それは東洋全体についてもいえることだと思います。

西洋ではなぜかすっと宗教が出てくるのに対して、日本には死後の宗教みたいな意味合いの強い仏教が盛んなところなのに、なぜか「宗教だ」と答えるご老人がいない。子どもと孫と一緒に住まうのが理想だと考えているわけです。それで、いまでは理想状態が存在しないじゃないかというのがご老人の不満でもありましょうし、それはたぶん全般的な家族にたいする不満でもあるでしょう。

■男女の対幻想だけを残して家族は解体しつつある■

吉本　核家族というか、夫婦の同居だけが家族に重要なことだということが、戦後早くからいわれました。それでいまは、もう親と子の関係にも親和感はほとんどなくなっていて、僕の実感では家族はもうほとんど壊れている、あるいはどこでも壊れそうになっていると思うんです。その最も極端な現れ方が、最近大きな社会問題となっていますが、親が子どもを殺したり、子どもが親を殺したりという事件ですね。直接的な親子ではなくても、親の年代の者を子どもの年代の者が、ちょっとしたきっかけから襲撃して殺しちゃったという事件もあります。

その手の事件の根本にあるのは、家族における親子の距離感が余りにも大きくなってしまったということじゃないかと思います。何よりも親和感がなくなっています。親としての僕の実感でいっても、僕と僕のおやじやおふくろとの間に介在していたような親和感は、いまの親と子どもの間にはないと思えます。それが極端なことになると、親子で話もしないとか、もう親子で一緒には住めないという感じになってしまいます。そこからさらに、子どもなんて踏みつぶしちゃっても、夫婦という男女の愛情だけあればいいことになっていって、子殺しというのも出てくるんでしょう。

つまり、家族における親と子の関係のものすごい離反というのがあるわけです。離反とまでいわなくとも、きわめて希薄になってしまっています。なぜそうなったかを実感でいうと、あなたのおっしゃる六〇年代、僕は七〇年前後のことじゃないかと思いますが、そのあたりの時期に急激に日本の社会構成が変わってしまったことに、大きく起因していると思います。時代の変化には、子どもの方は感覚的についていけますが、親のほうはなかなかそうはいきません。それで、親の方から子どもに対して「こうせい、ああせい」とか、「こういうのはよくないぞ」

とか、「これはいいぞ」とかいうことが、ほとんどいえなくなっちゃったと、僕の実感ではそう思います。そんなふうにいえなくなったし、いってもムダだと感じるしかなくなったと思います。

そうなると、年をくったときに、子どもが自分の身体の不自由というか老齢の不自由さをうまくカバーしてくれるとは、ちょっと期待できないな、となってきます。それくらい親と子の関係は離れてしまった。

一世代前の僕らの世代だったら、親から「こうせい、ああせい」と何かにつけていわれたもんです。それで「おやじは、なんてわからんこといってんだ」とか文句をいいながらも、そういう親の権威とか経験というのを何となく認めていたような気がします。でもいまの僕に、僕の親がそうだった程度の権威があるかといったら、何もないというしかない。ただ「子どもはこういう気持じゃないか」とは、なんとなく自分なりに推察するんだけれども、それはあってるかどうかもわかんないし、ましてや子どもに「ああせい、こうせい」とか「こう生きろ、ああ生きろ」なんてことは、まったくいえなくなっちゃっています。

もう少し前の距離感では、子どもの世代への違和感は、それほど強くはなかったんですけど、いまの距離感では、「そんなこといったって、だいたい通ずるわけがねえや」って(笑)、はじめからそう思ってるからいわないんです。いわないだけじゃなくて、いえないですね。「そんなことはしらねえ、勝手にしろ」とか「勝手に生きろ」というほうが、自由度からいっていいのかなって思っていますが、ある意味では逃げているといえば逃げているんです。どっちにしても、真っ正面から向き合って「お前こうしろ」とか「お前のこういうのはよくねえ」とか、そういうことをいう権威がこっちには、まるでなくなっちゃっているんですね。

ですから、あなたのおっしゃるように家庭というか、家族はいまでも残っているみたいにいえるのかなあと思うんです。そういうことを考えだすと、それは危なっかしいねえというのが、僕の実感としてあります。

それと、文明の利器もまた、家族あるいは家庭の解体に荷担している感じが僕にはあります。たとえば携帯電話なんていうのは、子どもからいうと自由の極致であってね（笑）。僕らの子どもの頃だったら、親に知られたくなくて友だちなんかに連絡を取りたいときには、なんとかわからないようにと、いろいろ心掛けてやったものです。でもいまは、そんなことをわざわざ心掛けなくたって、携帯電話持ってちょっと外に出て連絡すればいいわけです。そんなふうに、文明の利器が家族ないし家庭の解体に、かなり荷担するようになったんじゃないかという気がします。

家庭といわないで「家族は残っている」というならば、そういった形で残っているんだと思います。つまり、もう男女の対幻想しか残ってないということ、それが一番大事だと思うほかないじゃないかというのが実感ですね。しかしそれにしても、家庭という呼び方でいう親和感で考えれば、もはや壊れつつあるわけです。

内田 私も、七〇年代くらいから家庭というものが怪しくなって来たと思います。今は「核家族」と呼ばれる形態が六割前後あるのかも知れませんが、実際に「父・母・子ども」がそろっている、役所のほうで標準家族といってる家族は、現在では三分の一程度なんですね。すると、家族といったっていろいろな世帯があるわけで、それらを統一してみんな家族と呼んでいいのか、という感じがするんです。

確かに性愛や情愛はあるかも知れません。また世論調査では、仕事で頑張る理由として「家庭の幸せ」が ずっと言われているわけです。やはり、家庭がうまくいけばそれが一番いいという考え方が、世論調査では一番多いんですね。しかし、その家庭像というのがあまりはっきりしない。場合によっては対幻想的なものがなくても、家庭の共同幻想というのは成立してしまうんじゃないかと、そう思えるほどはっきりしていない。そういう、家族や対幻想の宙づりみたいな状態が、現象的には見えているような気がするんです。そういう変化というのは、どう考えればいいことなんでしょうか。

吉本　僕は必然的にそうなったと思っています。家族あるいは家庭の形態というのは、いかなるものをもって理想とするかと考えていって、それが終局までいって、これ以上の家族の有り様はないよという所を考えると、全然そこまではいっていない。さればといって、一世代前まではかろうじてまだ残っていた家父長の権威というのは、もはやほとんどなくなっている。ちょうどそういう地点に、日本や先進的な社会は立っている、ということじゃないんでしょうか。

僕には、もう家父長の権威がないというのは実感的にわかりますね。先にもいいましたが、僕の親たちはこどもに対して「こうしろ」ということをいい続けてきました。それに対して、子どものほうには「それは間違いだ」とか「そんなのは嫌だ」とかいう反発はありましたけれども、制度がもたらす権威といいましょうか、家庭の長に対する権威というものを認めていました。でもいまは、どんなに子どもや家庭に対して理想的な思い入れをもっている親でも、まず権威だけはないんです。よくて、友だちみたいなもんだというところです。つまり家父長の権威だけは、はっきりとなくなってしまった。それじゃあ、家父長の権威がなくなった後、家庭的あるいは家族的に何があるんだというと、かろうじて夫婦の対幻想だけがある。あるいはそれを一番重いとする考え方だけがあるというしかないわけです。これが家族としては一番強いといえば強いのかもしれません。

それで近頃、女が自分の子どもをないがしろにしていじめたとか、さらにはいじめ殺したという事件がよく発生しています。「男が」というケースもあるんですが、「女が」となると、それは親子の関係ではもっと絶望的なことだと思います。そこでは、子どもが出来たといったって、それはたまたま出来たにすぎないんで、夫婦の性関係の副産物みたいなものだ、あってもなくてもいいものだ、みたいな考え方が割合おおっぴらになっていることの、極端な現れのように思います。

そういう現象からすると、対幻想に対して国家や社会の共同幻想が相対的に強くなっていて、家庭的・家族的なきずなが急速に解体に瀕しているように見えます。でも永続的にどちらが残るかというと、これは別問題です。やっぱり対幻想的なもののほうがずっと先まで残るかもしれない。それにしても、親が子どもにどう対したらいいかは、ちっともわからない。そういう状態になっていると思います。

■性を売るプロの女性がいた時代と素人がプロの代役をする時代■

内田　夫婦中心の家族＝家庭を考えたときには、やはり性愛ないし愛情が持続しないとだめですよね。しかし我々の社会において、あるいは個人の生き方として、対幻想が本質的な条件として持続する必要はあるのでしょうか。

吉本　そこのところはこうじゃないでしょうか。つまり、家族とか家庭とかいうものを実体的にあるものだ、いまもあるものだ、これからもあるかもしれないと、そう思う限りは、親密な対幻想の関係も、そんなに親密じゃない関係も、長く続かなくても瞬間的には親密だという関係も、いろいろ存在しうる。そういうことでいえば、ひとつの強固な共同性として成立するような対幻想も、いまは薄いけれどもあるといえるでしょう。また、性的な関係はいつでも成り立つという程度の親愛で対幻想があるかといったら、それはたくさんあるわけです。

でも昔はそうじゃないですね。ぼくらの年代までは、いくらでも性関係が成り立つんだということは、一般的にいえたことではありませんでした。ただ、プロの女の人たちがいる館へ出かけて行けばいくらでもあった。金銭を支払いさえすれば、いくらでもあったということにすぎません。いまは金銭が介入しなくても、薄い対幻想としての性関係はいくらでもありうるわけです。そういうなかでも、対幻想がある程度以上に強固だと、それが持続的になっていって、いきおい子どもが生まれて同居するということがあり得ます。また、年寄りが不自由になったから同居するということが可能になるほど強固な対幻想も、危なっかしいけれどもまだある、まだ残っている。そうとはいえるんじゃないでしょうか。

内田　たとえばボードレールなんかは、娼婦に対して一目の恋というい い方をしますね。通りすがりの女（娼婦）に対幻想を抱くような場合、その前提には金銭で買えるということがあると思うんです。金銭で買っても対幻想は成り立つということですが、ベンヤミンなんかは、金銭で買えるからかえって性的な魅力があるんだと、金銭で買えるということは性的な魅力が高まることなんだと、そういう意味のことをいうんですが、本当にそういうものなんでしょうか。

吉本　いや、僕はそう思いませんね。

女性を金銭で買える場所は許容されるべきであると、少なくとも法律的制約はほどこすべきではないというのがいいか、それとも、それは金銭づくの問題で愛情の問題でも性愛の問題でもない、だからそういうのは禁止しちゃえというのがいいか、どっちがいいんだといえば、僕はそういう所があったっていいと思っています。いいことだとまではいいませんが、それは決して悪いことじゃない、ある程度は性の本質にかなうものであって、あってもよいと思います。

日本ではそういう場所を、ある時期に禁止しちゃったんですね。どうして禁止したかというと、結局おっかないおばさんたちがそう主張したんで（笑）、そうなっちゃったんですよ。そのおばさんたちは、自分たちはいいことをした、女性のためにいいことをしたと思ってしたんだし、いまでもそう思ってるでしょう。国会に法案を提出したのは、加藤勘十の奥さんの加藤シヅエで、昔からの婦人運動家の人なんです。

これはなかなか難しい問題ですが、娼婦の館みたいな所がないのと、いまみたいに素人の娘さんが割合自由にそういうことができるようになったことと、どっちがいいんだといったら、それはちょっとどうなんでしょうねえ。おっかないおばさんたちは、素人のそれは性愛なんだから、いまみたいなほうがいいに決まっているじゃないか、金銭でそういうのが処理されるのはけしからんから止めにするのがいいんだと、あくまでそう主張すると思います。

それは仕方のないことかもしれませんが、そういう主張に賛成かといったら、僕は賛成じゃないですね。ただ、どっちがいいかは大変難しいことで、あんまり触んない方がいいよというくらいのところです。それじゃあわかんない、お前どっちなんだと問い詰められたら、仕方がないから「そういうのはあった方がいいような気がする」と、そういうと思います。

それは、これが悪いことだとはどうしても納得できないからです。禁止すれば法律の下のほうに潜在化するか、それじゃなければ素人さんがその代役をすることになる。素人さんがお金をくれというか、くれといわなくても男が払うか、そういうことになるのにきまってるじゃないかと思います。あった方がいいとはいわないけれども、無理やり法律で規制すればいいというもんじゃないでしょう、というくらいのことはいえるような気がします。

そこの問題を詰めていって、こっちはよくてこっちはいけないと法律で決めてしまうのは、家族問題でも同じなんですが、ちっともいいことではありません。

■漱石が親愛感をもっていた女性ともっとも嫌っていた女性■

吉本 これは僕らには自信がないものだから、はっきり主張したことはないんですが、埴谷雄高さんなんかは生前に「もうすぐ男女の戦いがはじまるぞ」とか、「男女の戦いが表面に出てくる」とよくいっていました。僕もそうなるだろうなとは思いますね。男と女は本質的に合わないものなんですよ。

そういうことは、僕は小説を通しての実感でよくわかっているつもりなんです。たとえば、夏目漱石の小説を読みますと、漱石はこういう女性は殺したいほど嫌いなんだなあ、だけどこういう女性には親愛感をもっていたんだなあと、よくわかるわけです。漱石が親愛感をもっていた人は、『虞美人草』でいえば「お糸さん」です。『坊ちゃん』でいえば「おきよ」という家で雇ってた老女ですね。それから三角関係を書いたものでは、割合にひっそりした女の人が好きだということがわかります。僕らは漱石が書いた小説から、漱石の理想的な女性像をうかがうことができると思います。

『虞美人草』のなかで、これは漱石の好みなんだなあとすぐわかるように漱石が持ち上げている糸子は、お兄さんの友だちに親愛感をもっている。それで糸子のお兄さんがその男性に、「俺は外交官試験を受けて外国にいっちゃうけれども、お前は家を追い出されそうになってるし、そうだったら俺の家に来ないか」というわけです。それでさらに、こんなふうにいうんです。

それは俺のためでもないし親父のためでもない、お糸のためだ、妹のためだ、妹はお前のことが好きで、お前に親愛の気持ちをもっている。お前が俺の代わりに家へ来てくれたら、お糸はうんと喜ぶに違いない。妹はお前のためなら一緒に放浪しようといえば放浪するし、お前の理想とするところなら何でも尊重する、そういういい女なんだ……。

ここのところは、ああ、それが漱石の思いなんだなと感じられるように書かれています。漱石はそういう女性が好きなんですね。それで漱石が嫌いな女性というのは、『虞美人草』でいえば藤尾という、知識教養あり、しかも美人で、男と対等にどんな話でも出来るという、そういう一個の自立した女性なんです。そういう女性は漱石が一番嫌いでね。それで最後に自殺させちゃうわけですけど（笑）。

ところがあるとき、上野千鶴子と富岡妙子と京都にいる小説家で折目博子という人が座談会しているのを読んで、驚いちゃいました。そこではなんと、女性として一番いいのは『虞美人草』

だっこ僕だったら藤尾は一番いやなやつの藤尾だといってるんですね（笑）。「おおっ」と思いました。僕だったら藤尾は一番いやなやつだし、男から見たらたいていそうじゃないかと思うんですよ。漱石もそうだったに違いないわけです。だけどその人たちは、一番いいのは藤尾だといっているんです。僕はそこを読んだときに、「ありゃあ、これほど違うのか」と仰天しましたね。

僕らからいってこんないやなやつはいないと思っている、そういうやつがいいというわけなんです。でも知識人のみなさんたちは、大なり小なりそういういやなやつだなという女性を奥さんにしているに違いないんですけどね（笑）。そうではあるんですが、漱石はもう筆誅を加えてやれというくらいに、本気でいやなやつだと書いているわけです。そうすると、藤尾は当然ながら男からはことごとく敬遠されることになって、行くところがなくなり自殺しちゃうことになってしまいます。これが一番女性としていいんだというところを読んで、僕はびっくりしたと同時に、埴谷さんのいう通り「いまに男女の戦いがはじまるぞ」という感じがしました。

我々だってけっこう藤尾みたいな女性と一緒になっていてね、いやなやつだなと思っていても、いいところもあるし、話し相手にはなるしと許容してるところがあると思うんです。それが許容性の範囲を越えちゃったときには、もう戦うしかないとなりますね。女性のほうだって、あの人たちみたいにあからさまに藤尾はいい女性の典型だという見解を述べる所までいっちゃえば、あんな男たちは許せない（笑）、戦争するよりしょうがないとなっちゃうと思いますね。

埴谷さんなんかは、そういう段階までいくと疑ってなかったですね。逆からいうと、男にとってアンチ・フェミニズムは当然なんだという考え方が、はっきりしていたんだと思います。僕もはっきりしてもいいんだけれど、そんなに自信がないんですよ（笑）。そんなことといったってていわなくたって、どうせ女性にもてるわけがないですしね（笑）。だいたい、いまに女と戦いになるなんていうほどの権威は、こっちにはないよという感じがありますし……。

それと同じように、娼婦の館があっていいか悪いかの考え方の違いに対しても、その違いの中間で曖昧にしてるのがいいんじゃないかと思うんです。男性的な主張でもって「いや、あるべきだ」というほどじゃなくて、「あったっていいんじゃないかな」といういい方でなら、僕もそう思えるという程度の主張なんですね。

だけどいまは、女子高生がお金を欲しくなったからと、「ちょっとおじさん相手になって」ということがあるんで、それほど気軽じゃないでしょうけれど、わざわざ娼婦の館みたいな所へ行くこともいらなくなった。代用してくれる素人の人が、非合法なんだけれど潜在化していますし、その中間では政治家なんかが愛人を囲ったりすることになります。

そういうことを、あんまりおおっぴらにやるとなりますと、家庭裁判所の問題になるわけですが、実際には適当なところである種の役割を果していることは事実です。

あるいは、だんなが細君を殴り飛ばしちゃったとか、日常的に殴り飛ばしているとか、逆の場合もたまにはあるかもしれませんが、そういうことも、家族の崩壊の形と、女性が経済的にも知的にも独立したいまの状態を映す鏡になっていると思います。いまのところはそういうことはあっても、まだ男女の戦争とまではいっていない。「あの女はいやなやつだな」というのと「あの男けしからん」というのとの両方が、いまだ潜在的にいやだという段階で、おおっぴらに戦争という段階にはなっていないと思います。

■「玄人女性」を描いた鴎外の小説らしい小説■

内田　対幻想のありようはこれから先は難しいということなんでしょうか。対幻想の世界を男女が形作っていくことにどうも齟齬があって、いい形になりにくいということでしょうか。

吉本　そうですね。女性が知識教養から経済まで独立性をもつようになって来たというのが一番の原因でしょうね。そういうことから、自分たちの性愛の問題と子どもが出来たときに誰がどう育てるかという問題、そこに矛盾というか解決のつかない中間の領域が出てきて、そこにごたごたが生じているというのが、いまの状態だと思います。対幻想が容易になったと同時に難しくなったというか、持続的であることが難しくなってきたということなんじゃないでしょうか。

娼婦の館があったときのほうが、それは難しくなかったんですね。金銭づくだということで、かえってすっきりするという状態だったと思います。いまは金銭づくじゃなくて容易にそういう関係ができるわけですが、金銭づくのようにすっきりすることにはなりませんから、いまのほうが難しいんじゃないでしょうか。

森鷗外の小説に出てくる女性は、みんな玄人じみていますね。鷗外が最初の奥さんを亡くして次の奥さんをもらう間の独身時代に、お袋さんが金銭づくで大丈夫という女性を世話したんですね。お袋さんが世話したというとおかしいかもしれませんが、そういうことはその時代で経済的に可能な人たちの間では、よくやっていたことなんです。それでいざ再婚するとなったら、金銭づくになるわけです。手切れ金というのを支払うわけです。それで女性のほうは「はい、わかりました」ということで、すっきり別れるわけです。

それがプロの女性というものでしたが、いまのプロの女性にはそうじゃない人がけっこういて、暴露してやるとかいってさらにお金を貰おうとしたりするわけでしょう。だけど、以前のプロの女性は金銭づくで手を切るのが当然と考えていて、それは弱点といえば弱点ですが、素人の娘さんとは比べものにならないほど口が堅くて意地があったんです。与謝野鉄幹の「人を恋うる歌」に「……歌姫に、乙女の知らぬ意気地あり」とある通りで、そうやって女に磨きをかけたものでした。金銭ですっきりけりをつけてくれたのならば、以後その男に迷惑をかけたり、社会的地位を危うくするようなことを口外したりは絶対しないという、そういうところは徹底的に信頼できたんです。

鷗外の一番いい小説は「雁」ですね。これは鷗外では一番小説らしい小説で、どこにも遠慮なしに書いています。自分の自画像をちょっとくっつけたような小説です。

東京大学の学生さんが、不忍池の裏を通っている暗闇坂という坂を通っていつも学校に通っている。その途中、浅草あたりの家に小道具屋さんのお妾さんが住んでいる。そのお妾さんが小鳥を飼っていて、その小鳥が猫か犬に脅かされてバタバタしているところに、その学生さんが学校帰りに通りかかって、それを静めてやるんです。

それから、それまで素通りしていたのが口を聞くようになって、それでそのお妾さんが、お妾さんでいることが嫌になってくるんですね。だからどうしたということはないんですが、それで小道具屋の親父さんと何かと齟齬をきたすようになってくる。それでそのお妾さんは、「明日また学生さんが通ったら呼び止めて、あがってもらってお茶でも飲みながら、自分はいまこういう気持になっている」ということを話そうと思う。でもその学生さんはその日は家の前を通らないんです。学生さんはその日、外国へ留学で行ってしまったんです。それで不忍池の雁を、いまでも冬になると来ますけれども、その雁を獲って来て雁鍋を食って送別会をやっちゃうという話なんです。

これは唯一、鴎外の小説らしい小説で、これを読むと、鴎外は玄人の女性の生活をよく知ってるなあとわかるわけです。どう考えても自分の体験、実感から来てるだろうということは想像がつきますね。

鴎外の小説はいつも人に遠慮したような小説なんです。遠慮は軍部に対する遠慮なんでしょうね。鴎外は軍人ですから、どんな小説を書いているんだとか、よそからいろいろうるさいことをいわれるんだと思うんです。いまでもたとえば、僕なんかみたいに理工系の学校を出て小説に詳しいとかいうと、「あの野郎遊んでたんだ」といわれることになっちゃう（笑）。ましてやあの人は軍人で軍医さんだから、あんまりやわなことを書いたら「あの野郎は軍人のくせに」とかいわれるに決まってるわけです。

鴎外の歴史小説はいいんですけれど、ほとんど伝記的事実を記述してるにすぎないじゃないかというくらいに固いものですね。わざとそうしているんだと思います。端からなんかいわれないように、ちゃんとこの人の伝記を調べたんだ、と逃げられるように固く書いている。それでも優秀な人だから読めるんです。

■司馬遼太郎の小説の文体にはまるでパンチの強弱がない■

吉本　いまの人の歴史小説、たとえば司馬遼太郎の小説なんか読めたもんじゃないですね。とくに長いものは読めたもんじゃないです。嫌になっちゃうほど文章がダメなんですよ。文体がまるでダメで、なんでこれが小説なのかと思うくらいです。

内田　文体のどんなところがだめなんですか。

吉本　いや、どういうところというより、あれは新聞屋の文体なんですね。つまり優秀な新聞屋が事件の記事を書くと、個人的な癖なんか少しも出てこなくて、その事柄自体が明確に説明してある。そういう文章なんですよ。それでいい小説だと思う人はそれでいいんですが、司馬遼太郎は鷗外、漱石と並ぶ文豪なんだとかいわれると、冗談じゃねえといわなくちゃなりません。

本気で小説家としてやっていくとしたら、内容プラス文体なんですよ。本気で読むほうだって内容プラス文体で読むわけですよ、文芸書というものは。まずはその人の文体の癖が大事なのに、それを無くしちゃっているんです。それを無くすとどうなるかというと、ボクシングでいえばパンチに強弱がなくなるんです。文体の癖を無くしてわかりやすくすると、リズムがつかないんです。それがいいと思ってるわけだからしょうがないですけどね。

司馬遼太郎のものは、僕らは短編だったら面白いと思って読みますけど、長いものはとても読めないですよ。もうがまんできない、いやもういいよとなっちゃうんです。ボクシングと同じで、たとえば強いパンチばっかり打ってると、相手はそれに慣れちゃって倒れないんです。だけど、弱いのを入れながらときどき強いのを出すと、これが効いて倒れるんです。ようするに、司馬遼太郎にはパンチに強弱がなくて、いつでもある一定の強さのパンチばっかり打ってるんです。それは一見、弱いパンチよりいいだろうと思うかもしれませんが、そうじゃないんですね。ボクシングをよく見ている人ならば、すぐにわかると思います。

鷗外はそういうのがよくわかっていますから、何だ伝記を書いてるだけじゃないかと思っても、感心しながら読みとおせてしまう（笑）。司馬遼太郎なんか、ひでえもんですよ、読めたもんじゃない。どうしてそんなことをいうんですかって、新聞記者の人にいわれると、「こりゃ悪文でダメだ」とかいうんですが、悪文でダメだというのはこっちの先入見でね、「パンチにだって強弱はあるのに、あの人のは同じことを何回も繰り返してるような文体だ、そういうのが長くなると、もう読めないですよ」というんです。

司馬遼太郎みたいに、わかりやすくてすっきり意味が通る文章で、またよく勉強しているなということが読むとわかる、そういうのが揃っていたら、新聞記者から見たら模範的な人なんじゃないでしょうか。だけど小説家としていうなら、冗談じゃないですよとなりますね。ドキュメンタリーだといっておけばいいのに、自分でわざわざこれは小説であると断ってたりするんですよ。「よせやい」って思いますけどね、いやいやそんなことは余計なことだと思って、あんまりいわないんです（笑）。

■年金だけではやっていけない普通の人の老後の生活■

吉本　最初の話にもどりますが、僕は内田さんがいっていることは、一枚表側をはがしたところではあたってるだろうなと思いますけれど、全部暴露しちゃえ、本音でやっちゃえ、だから戦争だみたいになってきたら、ちょっとおとなしすぎるという感じがします。もう壊れているくらいにいったほうがいいような気がしますね、僕は。

アンケート調査によれば、西洋のお年寄りの理想の生活は宗教にあるわけです。その宗教はだいたいキリスト教ですから、日曜に教会に行って、牧師さんの話を聞いて、お祈りをして、面倒なことが家族あるいは家庭で起こっていれば、それについて牧師さんに相談して意見を聞いて、参考にするとか、そういうことだと思います。日本にもお寺はたくさんあるし、お坊さんだってたくさんいるのに、どうもそこらへんはダメなんですね。とくに老人に対してはいけません。老人がどうだという問題には、お寺はちょっと冷淡な感じがします。

それで日本のご老人は、孫と一緒に住みたいというのが理想なわけです。実際には、三世代が同居できるだけの構えをもった家屋敷がある人は少ないでしょうけれども、アンケートでは一番なんですね。そこには、宗教なんて全然出てきません。お金のある人は設備のいい老人ホームで、まあよく世話してくれるような所に行けるんでしょうし、そのほうが家にいるよりずっと快適でいいという人もいます。でも普通のご老人は、家族や肉親が世話をやいてくれない、しょうがないから老人ホームに行くという感じですから、それでいいのかなあという問題がありますね。

結局はそこでも、男女関係の問題じゃないですが、金銭づくになると思うんです。掃除とか洗濯とか食事とか、いろいろ生活の世話をしてくれないか、その代わりこれだけ給料を払いますと、そうできればいいんでしょうが、それにはちょっと老齢年金では間に合わないんですね。だからそれもできないというのが、いまの日本のご老人がおかれている過渡的な状態だと思います。子どもが頼りにならないんだから金銭づくだというのは、それはそれですっきりしていることだと思います。

ある程度若いときには、子どもの世話になるのなんていやだなと思っていても、一定の年数が経てば、もう世話して貰うしかなくなるわけです。そうすると、家族や子どもから世話されるのはいやだなあと思いながら世話して貰っているというのは、ものすごくすっきりしないわけです。相手に精神的負担をかけなきゃならないのが、なんともいやなんです。それだったら、月幾ら払うから洗濯に来てくれないかとか、ご飯炊きに来てくれないかとか、そういうほうがずっとすっきりしますよね、仮にその人があんまり親切じゃなくても、他人だからしょうがないよなという気持ちがもてると思います。

これはプロの女性があるのがいいか悪いかと同じことで、よくない点もあるでしょうけれども、ある意味ですっきりしていていいという点があると思うんです。結局、それができるようになればいいという以外にないと思います。

そうなると年金では足りない。定年退職して年金でやれる人はいいですよ。同級生にもそういうやつがいますが、僕らみたいにへたくそな勤め方をしてきたやつはどうにもならないです。一般の人はだいたいそうじゃないかと思います。

ごく恵まれた人、心掛けがいい人はけっこうやれます。じたばたしなきゃやれます。でもへたくそな勤め方をしたやつはお話にならないんですね。それでしゃくにさわるんですが、鶴見俊輔さんなんかは、「私は老齢になってこんなに楽しいことでいっぱいですよ」っていうんですよ（笑）。こっちは、俺は苦しいとか、老人というのはあわれなもんだとばっかりいってるもんで、わざとそんなふうにいってるんですよ、きっと（笑）。

もう一人いましたね。小島信夫が僕に直接じゃないんですが、担当の新聞記者に「私の女房はアルツハイマーになっていて、自分は寝たり起きたりですけれど、それでも楽しくってしょうがないですよ」といったらしいんです。何をいってやがんだと思うんですが（笑）、そういいたいんでしょうね。

結局のところは、財産を持っていることが第一の条件なんですね。それには、父祖伝来の財産もあるかもしれないし、自分がうまく働いて年金を補うだけの収入を貯蓄しているとか、そういうことがあって、だから楽しくてしょうがないとかいえるんでしょうね。

内田　そんなお金はない人の方が多いんじゃないですか。

吉本　いや、それでもけっこういるんですよ。それでいやになっちゃうこともあるんですが、楽しくてしょうがないような老人とは、俺は関係ないよ、縁がないんだよというしかないですね。幼稚園の隣りに老人ホームを建てて相互に行き来できる場所になるといい。

内田　年をとっていって、連れ合いも亡くなっていって、いまさら家族をつくれるわけじゃなく、そうして一人になると、宗教だというのもわからないでもないんですが、孫もいないとなって、お寺とも距離があるとなると、いったいどうしたらいいんでしょうか（笑）。

吉本　どうしたらいいかって、そういうことでいえば、僕がかろうじて実現可能性がないこともないなと思っているのは、人任せでそういうことをいうのもよくないですけど、少なくとも官営の老人ホームみたいな所は、幼稚園とか保育園の隣に建てるのが一番いいんじゃないかということなんです。それで両方の行き来が自由になっていて、自由に遊びに行ったり来たりすることができる。そういう所があったらいいなと、それくらいしか考えつきませんねえ。

内田　日本にはないんですか？　幼稚園の隣に老人ホームを建てている所は。

吉本　聞かないですねえ。幼稚園付属の老人ホームというのはあるようですが、ちゃんとそういう目的意識をもってやっている所はないんじゃないでしょうか。ご老人が子どもと遊んだり、お互いに世話をしたりできて、子どももときにはご老人から何かを教えてもらったりできる、そういう目的意識をもってやっている所はないですね。

老人問題が切実になって来て、いろいろ頭ひねって考えだしたところでは、それが唯一かな。

それと、大学の先生で定年退職になってから、違う学校の講師なんかする人がいるわけですが、そうなると一段と給料も減るし、だいたいは面白くねえやということになるでしょう。

僕は、江藤淳さんはまず慶応大学の学長になるんだろうと思っていましたが、結局は定年退職以降は別の大学に行きましたよね。へえー江藤さんほどの人が、と思いましたけれども。そんなのが常道になってるんだったら、僕なんかの考えでは、定年退職した大学の先生には、小学校か中学校の先生になってもらえばいいと思うんです。高校はだめですよ、高校はもうお終いで、どうしようもないですから。で、小学校か中学校の先生になってもらって、給料は大学の三倍とか四倍が条件だとなれば、それほどいいことはないと僕なんかは思っているんです。

江藤さんがいた慶応大学には幼稚園からあるわけですから、本当は最適なんです。定年退職になったらそこの中学校か小学校の上級生かに教えればいいんですよ。江藤さんみたいな、まあいろいろと大変な経験を積んでいて、ある事柄の専門家でもある人が、中学校か小学校の上級生かに教えたら、それはものすごくいいことじゃないですか。自分のほうは給料が何倍にもなるし、そういう人の講義を聞いて育った生徒たちは、大変な利益を得ますよ。生涯にわたる利益を必ず得ます。

それは、わかりきっているくらい当然のことだと思います。そういう人は、小学校や中学校の先生になって「おいそこ、ポケットに手を入れるな」なんて、生徒を怒ったりしないわけですよ。そんなことはどうだっていいとやるに決まってるんです。自分の専門を交えて、悠然と世間話みたいなことをやる。この影響のすごさというのは、僕ははかりしれないと思いますね。

内田　吉本さんは、幼稚園児と話をされたことはありますか？

吉本　いや、あんまり小さい子と話すのは、僕自信ないんです（笑）。小学校の下級生でもダメなんです。いろいろ経験があるんですが、僕の育ちが悪いからだと思いますね（笑）。小学生でも上級生はものわかりが少しよくなってきてるからいいんですが、小学校の低学年で生意気な子どもがいるでしょう、そういうのになると「なんだ、この野郎は」と頭にきて、本気になって喧嘩したくなっちゃうんです（笑）。みっともないなあと思いながら、「でもこんな生意気なやつは許せない」（笑）とか、どうもそうなっちゃうんですね。

大学の先生をやった人が、その後で小学校か中学校で教えるということは、なんとかやって欲しいんです。私立の一貫制で大学まであるような学校が一番やりやすいでしょうね。そういう学校で、少人数雇って、給料を大学の先生時代より五倍くらい出すようなことは、やろうと思えばできるはずなんです。そういうことをやってくれたら、ちょっとすごいことですよ。一から十まで真面目に喋らなくても、自分のもっている専門的知識をぼちぼち喋ればそれでいいと思います。

小学校の上級生になれば、そのへんのすごさはすぐにわかります。その人はどういう感じで勉強してきて、どういうことですごいんだということがみんなわかります。人柄はこうだとかいうこともわかります。それで生徒たちが受ける影響は、ちょっとこたえられないというくらい大変なものだと僕は思いますね。

ご当人としても、大学生は居眠りしながら聞いてるんだから、こっちの方がずっといいやということもあるでしょうし、給料もたくさんくれるし、こりゃ文句ねえやということもあるでしょう。私立でそれがうまくいけば、官公立の学校でも真似しますよ。これも、幼稚園の側に老人ホームを建てるというのと同じことで、ご老人と子どもたちということでも、ものすごくいいことじゃないかと僕は思うんです。

■定年退職者をメンバーとするアイデアを売る会社はできないか■

吉本　そんなことを考えるようになったのは、自分のほうが老いぼれてきたからでしょうが、こうなるともう自分が動いて金を集めることもできません（笑）。こういうことがもっと前からわかっていたらよかったんですが、どん詰まりになってから考えるようになったんで、ちょっと遅かったなあとつくづく思いますね。

僕の同級生で、会社の役員とか社長までやって辞めたやつが、四、五人はいるんです。そういうやつらと時々会うと僕はいうんです。「お前、金集めてこういうことをやらないか」ってね。

それは、定年退職したやつしか雇わない、身体を動かしたりすることはどうでもいいから、頭でアイデアをひと月にいくつか考える、そうしたら給料払ってやる、そういう会社をつくらないかということなんです。

いまでは社長や役員をやったといっても、昔みたいな資本家兼経営者じゃないわけです。経営と資本はすごく分離していて、社長といっても給料の多い勤め人みたいなものですね。ですから僕がそういっても、「クニに帰ればできるかもしれないけど、金集めは東京じゃちょっと難しいなあ」とかなるんですが、必ずしも「そんなバカなこと考えんな」とはいいません。「なるほど」という感じはあるみたいです。

こっちはもっぱら財産をためたりしたということもないんで、そうか、こりゃどうしようもないなと思うわけです。

僕が昔だったら、労働金庫から金を出させようと考えたかもしれません。労働組合はなんでそういうことを考えないのか、バカじゃないかと思うんです。自分が労働組合をやってたときもバカだなと思ってましたが、相変わらずみたいですね。つまり、労働金庫はけっこうの金をもってるんですよ。だけど渋くて貸さないんですね。そういうのをいまいったような老人だけの会社とか、老人ホームの建設とかに使うというのは、やる気になれば十分できることなんです。労働組合はそういうことをやったらいいと思うんです。

僕が労働組合をやっている頃にこういうことを考えていたら、労働金庫に使われていない金があるのはよくわかってますんで、けっこうやれたのになあと思ったりするんです。いまとなってはどうにもなりませんけどね。

身体だって頭だって、まだまだけっこう動かせるぞという定年退職者は、かなりいるんです。だけど鶴見俊輔とか小島信夫みたいに、働かなくても楽しいんだという人もいる。小島信夫なんか、小島信夫賞なんて賞作ってるんですね。そんなことするなら、老人ホームに寄付でもしたほうがよっぽどいいと思うんですが、まあ、そうなってからじゃ考えが出ない、何も考えつかないんだということでしょうね。

お前はなにも実行力がないくせに口でいうだけじゃないかといわれればそれまでなんですが、表面一皮じゃなくて、とことんまで引っ剥がしちゃうと、あとは何が重要なんだということをいいたいんです。実現可能性からいうと問題にならないな、ということになりますけれどね。でも、なんとか実現できる方法がないものかということを、しょっちゅう考えているんです。

内田　同級生の方々は、東京では難しいということで、決して本質的な障害があるとおっしゃっているわけじゃないんですね。

吉本　そうです、やること自体無理だといってはいないんです。そいつがなぜ「クニに帰れば」といったかというと、自分の家が地方財閥なんですよ。だからきっとその親父さんの顔といいますか、その関係と自分の関係と両方たどっていけば、できるかもしれないということなんです。東京だったら、単なる雇われ重役とか雇われ社長ですから、普通の人とあまり変らない条件しかもてないんですね。

■レスビアンこそが女性らしさを一番確保している■

山本　家族や性の問題をめぐって、いまいくつか考えたいと思っていることがあるんです。一つは、いまの若い子に尊敬する人はというと、父親だという子がけっこう多いということです。父親の権威がなくなって来た分だけ、僕のいい方ですと、家庭がある意味で共同幻想化されてしまって、外部性とか歴史性がなくなってしまった、それで父親が尊敬する人になってくるということですが、それはとても疎遠な関係なんだと思います。それが一つです。

もう一つは、女性は身体を売っていただけではなくて心も売っていたということなんです。男たちは身体だけじゃなくて、心も買っていたというのが決定的に大きなところで、心を買うという親密性なり親和性が、いつの時代でもそれなりの役割を果していました。いまの日本にはプロの娼婦の館はありませんが、吉本さんもおっしゃっていたように、売春の装置は社会的に、かつてよりもっと激しく広汎に拡がっていますね。それに、禁止されてはいても、夜の女の仕事は相変わらず衰えることなくあります。そこで、心まで売り買いするということを別のいい方でいうと、家庭の主婦だってそうじゃないか、性的な対象でもあるわけだし、広い意味でいえば女性をお金で雇っているようなものじゃないかということで、それに対してフェミニズムはノーといったわけです。そういうことが問題になっていると思います。

それから、ヨーロッパで性を売る行為をする女性は、いまはほとんど社会主義圏から流れて来ているんです。主にはロシアやルーマニアなどですね。彼女たちは、かなり知的な水準が高い人たちなんですが、本国では生活が成り立たなくて、ヨーロッパや日本で稼いで戻って行くという流れが生まれています。

もう一つは、日本の女性と話をしていると、母の存在はそれほど強く感じないんですが、ヨーロッパの女性と話をしていると、母の存在とその権威がかなり大きいんだなと感じさせられることです。規律を教えているのは父よりもむしろ母だな、母親がしっかり教えているなという感じがします。そのへんに、家族の愛なりファミリーの意味があるなという感じを強く受けるんです。父親がいなくても、父親と同居していようが、ヨーロッパの女性からは母という存在をとても強く感じます。

もう一点は、最近のフェミニズムの論者、イリガライもそうだしクリステヴァもそうなんですが、同性愛者であることを恥じるなという論陣をかなり張っていたんです。僕は気がつかなかったんですが、同性愛者であることをはっきりと表明すべきである、それが女性の解放の手がかりなんだということを盛んに主張していました。それで、レスビアンこそが、実は女性らしさを一番確保しているというんです。どういうことかというと、女性との関係のなかで男役になっている女性も、やっぱり女であることの存在を守っている、男と関係をもつと、むしろ女らしさとか女であることを失うんだと、そういうことなんだと思います。

この女性の同性愛の意味合いは、我々男には想像のできない、とても大きくて重要な領域ではないかと思うんです。そういう眼でフェミニズムの七〇年代後半からの論調をあらためて見てみますと、ことごとくが口を合わせての同性愛賛美なんですよ。これはいったい何なのかと思うんです。

吉本　いまのお話の最後のところは気になりますね。僕の子ども（吉本ばなな）の小説でいうと、異性愛と同性愛が、同じ次元で書かれているというのが大きな特徴のひとつなんですよ。そういう特徴が大したことだということじゃなくて、読んでいて面白いなと思いながらも、そこにはいったいどんな観念があるのかと気になるんです。僕らは、同性愛というとすぐ男と男を想定しちゃうんですが、それよりも女と女の方が重要なんじゃないかなと、いまお話を聞いていて思いました。

女と女の同性愛の雰囲気というのは、僕には珍しいというか、もちろん実感がないからびっくりするんですが、「ああ、こういう感覚があるのか」というところでいうと、いま山本さんがいわれたことは、とてもよくわかります。男のほうの同性愛というのは、どう考えたってあまり大した問題ではない。せいぜい浅田彰がいうみたいに、少数派対多数派の問題です。男の同性愛はその程度のことでいいんですが、女の同性愛というのは、僕には小説以外ではとてもわかりにくい感じです。

あるフェミニズムの女性で、僕は悪口ばっかりいわれている京都の人なんですが、その人が僕のことを「あんな小説を書く子どもがいるんなら、そんなに悪いやつや変なやつじゃないわね」(笑) みたいなことといったんだそうです。

それで瀬戸内晴美さんは、この人も京都ですが、僕に直接じゃなくて人を介して、「あの子は……」とうちの子をあの子といってね、「新興宗教の教祖になれるわよ」と、そういったんだそうです。これもまた京都ですが、梅原猛さんは「俺は吉本さんは歓迎しないけどね、あの子は歓迎しますからいつでも来てください」(笑) とか、僕に面と向かっていってました。

京都の人はそういうのが好きなのかなあと思うんです。あそこは、どうも閉じられているような気がしてしょうがないんです。政治的にも、あそこからは北朝鮮にハイジャックして行ったやつらもいるでしょう。あれは僕にいわせれば、「なんてバカなんだ、わざわざ後進国に行ってどうするんだ」ってなっちゃうんですが、そういうのも、やっぱり京都の風潮と関係があるんでしょうね。つまり、閉じ方のひとつの形なんでしょうね。

男女関係でいっても、東京じゃそんなこと不可能だ、ちょっとできないよねえ、というようなことが、京都では平気であるんですね。あそこじゃあ、大学の先生っていえば、祇園のまあ中間から下くらいの所なら、だいたいの人は顔がきくんですよ。そういう人と合うと案内してくれたりするんです。僕なんかは「へえー」っていう感じですが、埴谷雄高さんなんか、「君、桑原君というのは祇園では神さまなんだぜ!」って怒りだしたときがありました。自分が行ってもあまりいい待遇してくれなかったんですね (笑)。まあ怒りながらも、「あいつらはすごいもんなんだねえ」って感心してましたけど、悪くいえばそれは閉じている、ということだと思いますね。

いや、話がちょっとずれましたけれど、山本さんが同性愛で女のことを考えるべきだというのは、とてもよくわかるんです。これまでの話をまじめにちゃんと締めくくってくれてよかったと思います。それがないと与太話で終わっちゃいそうでしたから。

■頭だけの共同性と身体の共同性を同時に成り立たせる可能性は女の同性愛にある■

吉本　男の同性愛というのは、実際に目撃したり、そういう話を間接的に聞いたり、伝説みたいな話を知っていたりするわけですが、文明とか文化を動かす大きな要素にはなっていないんですね。なってないだけじゃなくて、たぶん究極的にもならないような気がします。

浅田彰は同性愛は少数派対多数派だというけれども、フーコーだったらそれは単独者の問題ですね。単独者が成り立つとして、それが連帯性をもつことは可能であるか、というのがあの人の同性愛の問題だと、究極のいい方ではそうではないかと思います。つまり男性の問題でいえば究極の問題だと思うんですが、女性の同性愛というのを考えるともっと複雑です。複雑だし、問題がさまざまに多いという感じになります。同性愛の問題は、そこのところで考えたほうがいいんじゃないかという感じがします。

フーコー的な、単独者の連帯性は、つまり共同性は、どのように可能であるかとなると、僕のいい方だと、逆立ちして頭で立つ共同性と、普通の姿勢で立つ共同性との違いの問題と、両者が同時に可能であるかという問題に帰着すると思います。

頭だけの共同性というのは、政治政党を見ればおよそのモデルが見つかります。しかし、それと同時に普通の状態での連帯性との両方が考えられる連帯性は、たぶん女性の同性愛をモデルにしないと考えられない。それが自分なりには、窮極のいい方になるように思います。

フーコーがいってるのは、たぶん片方だけでいいんです。同性愛は男性的であってもいいし女性的であってもいいとね。それじゃあ、両性的であり得るのはどのように可能であるかとなります。本当の同性愛をいうのであれば、そういう問題になってくると思います。

政治政党というのはどうしてダメかというと、あの共同性というか共同幻想は、ようするに逆立ちした頭だけの共同性だからなんですね。身体の下がなくて、首から上の連帯性しか成り立っていないんです。

ですから、仲間が違法行為で引っ掛かって「俺、政治家やめる」みたいになったら「辞めるなよ」というとか、「あいつが辞めるなら俺もやめてやる」というような関係が、政治的な共同性のなかにはないんです。あくまで頭のほうだけ、理念だけで共同しているんです。だからそういう関係は政党では成り立ち得ない。それなら、成り立たせるにはどうしたらいいんだろうか、逆立ちしていると同時にまともに立ってもいて、両方とも共同性が成り立つというのは、どのように可能なのかと考えなくてはいけない。

そういう共同性が可能であれば、仲間と進退を共にするくらいはできるはずです。生死を共にとまではいわなくても、それくらいの連帯はもち得るでしょう。

そういうのではなくて、単独者のまま共同性が成り立つかどうかが、フーコーのいう究極的な同性愛者の立つ所なんでしょう。でも、女性を主体にしてその問題を考えたらかなり複雑であって、これはフーコーのいい方ではダメです。そのへんは、どうしても男の同性愛の問題からは出てこない。女性対女性というところで出てくるしかないけれど、それは複雑になるだろうなという感じがします。

■法律でけりをつけるのではなくあらたな倫理性を考えていくという課題■

吉本　僕がいっていることは、プロの女性が金をとって性を売っていいかとか悪いかとか、せいぜいそういう問題なんです。それで「どっちがいいか悪いかはいえないよ」といっているわけです。でも女権主義者はそういうのには絶対反対であって、その人たちが法律を作ったときに、誰も表立って反対できなかったんですね。「俺は反対だ」といったら袋だたきになっちゃいますから。そこで、スッとうまく通っちゃったんです。

そうして売春防止法といった法律になってしまったわけですが、法的にけりがついてしまうんならば、これはもう終わりじゃないか、世界的な意味で終わりということじゃないかと思うんです。

そうではなくて、僕は法律とは違う範疇の何か、いってみれば倫理みたいなものを考えなきゃだめじゃないかと思っているわけです。そこのところをしっかり考えていかないと、潜在していることがそのうち、ワッとおおっぴらになっていくしかないと思います。まだいまはそれほどではないですけれども。

このところ若い人がしばしば引き起こす事件ですが、精神異常ゆえのことか、意識的な犯罪なのか判断がつきにくいものがありますね。法律にしても精神医学にしてもどっちをとるかは曖昧です。また、同性愛とは性同一性障害という病気なんだとか、エイズの血液製剤を加熱しなかったのは責任者だった一人の医者の犯罪なんだとか、そういう問題はみんな曖昧きわまりない感じがします。

その血液製剤でやられた帝京大学の阿部さんというお医者さんが、一人で悪者にされていますが、そうじゃないという人も、それじゃあ責任は誰にあるんだとなると、管理してる役所にある、官庁にある、厚生省にある、同席していて阿部さんのいうことに異を唱えなかった全員にあるんだとか、そんなことばかりいっているんです。でも僕はみんな違うよといいたいんです。

そういう議論とは違う場所で、ある種の倫理性をあらたに考えていかないと本当の問題は出てきません。そこらへんが、みんな曖昧になっている理由です。僕はもう、法律そのものが危ない、役に立たなくなってきているんだと思いますね。

■男が女に求めている女性性は女の側からすれば男への媚びにすぎない■

山本　女性の側の論理から考えますと、ある種の政治的なものの幻想性としての、女性性を確保しているということになると思います。そのなかでお母さんや両親のために男と結婚して子どもは産んであげなければ、という親和性を表現する。それは自分の女性性のなかのある一つの役割です。

僕の理解からいいますと、共同幻想性と対幻想性が合致していくという、大きな歴史の流れからすると、家族という親和的な世界を作るということは、その一部の諸関係のなかでやっていることなんですね。これが、お母さんのためにはちゃんとしてあげなければ、ということなんです。

男が求める女性的表現は、女性の側からすると女性性じゃないですね。ただ男に媚びてるだけだということになります。それは非常に醜い姿であって、女の姿はそういうものではない、女性的なものの表現として自分の生命的なものを表現するのと、男に対する女性性の表現とは、全然違うものだという自覚をもっている。それでいて自分は男を嫌いではない。だけどその女らしさの表現では女性のみんなが間違っている、男に媚びているんだ、それは私は許せない――。そういう彼女たちの感覚は正確だと思います。

だから、自分がレスビアンだということを強く表明する女性は、本当の女性性みたいなものをかなり歴史の長い幅でもち得ている。別ないい方をすると、女は男に対して人類史的にかなりの我慢をして来ている、そうやって我慢して来ても失われないものの表現が、いまではレスビアンの同性愛のほうから出ている、しかもそれが異性愛の否定にはなっていない——。ここのところは、かなり本質的だと感じています。性愛の正常か否かをこえた次元での根源ではないかと思うんです。

吉本　僕らは性については未熟なんだろうなと思うんです。「何いってんだい、よせやい」なんていうやつもいますが、僕は本当にそう思っています。たとえば、性同一性障害というのは、何なのかまったくわかんない、本当にわかんないんですよ。

　これは運命的なもののようにいわれていますが、本当にそうなのか、どこがどうだとそうなるのか、僕にはよくわからないですね。それはちゃんと説明してもらわないとわからないんですが、こうなってくると、僕には知恵が足りないなという気がしてしょうがないんです。

　性同一性障害といわれる人と、男っぽい女の人とか女っぽい男の人とは、どこが違うんだというのがよくわからないんです。本質的に違うのかどうか。やっぱり違うんだということで、そういう言葉を医者が作りだしたんでしょうが、それだけではどういうことなのかはよくわかりません。そういうわけで、女性の同性愛を考えるとなると、問題は相当複雑で簡単にはいかないだろうと、僕なんかは思うんです。

山本　この問題は、『心的現象論』でいいますと、「了解の様式」と「了解の諸相」のところですね。あそこで吉本さんが提起されている問題点から、ジェンダーとセクシュアリティの問題を考えるのがいいのかなというところから考えたのが、僕がいまいったような構図です。

了解の時間性として個人の時間性を超える共同幻想の領域があって、その領域が入ってくることを考えに入れないと、家族内の構成で男になるか女になるかと考えると、まさに性同一性障害みたいな話になっちゃうわけです。あるいは半陰陽がどうだとか性器的な身体の問題になっちゃいます。その了解の時間性を、そこまでの幅で考えなければいけないんだなということを、実際の同性愛者をちょっと知っていることからも感じるんです。

また、ゲイがなぜ女性に近づこうとするのか、身体まで改造して、なんでそこまでと思うんです。レスビアンはそこまでやりませんが、ゲイは女性に近づくんですよね。

僕が知っているヨーロッパの女性は、ゲイの人はものすごくデリカシーがあるといっていました。日本の男は全然セクシュアルじゃないけど、ゲイの人たちはとてもセクシュアルだというんです。

別な文化というよりも、男であることで喪失しているものを、女性性の表現とかゲイの表現とかレスビアンの表現で、本質を表出しているということが、いま目の前の諸関係に起きているように感じます。

内田 男が対幻想の能力をなくしつつあるということでしょうか。

山本 というより、男がはき違えているんです。

内田 男たちがはき違えてきた幻想の累積は大きいということですね。

吉本 いやあ、今日はとてもいい話を聞いて、よかったと思います。

★学ぶコメント★

★生存と男女

三世代同居的な「家族」が解体して夫・妻・子だけの「家庭」になってきたとき、何が起きているのか？「対幻想」概念という大変本質的な吉本思想から、わたしは社会関係の共同性に対して規制的に開いて働く「対関係」概念を設定し、対幻想と対関係の相互性から家庭を考えてきた。「家庭」は社会的労働分業の土台として、工業的生産と同じ大きな比重をもっている。「賃労働男と家事女と学校生徒」の社会ワークを否応なく被る。つまり、賃労働とシャドウ・ワークのペアが、社会的労働体系になって、その経済規定が心的なものにまで作用してしまうことだ。この複雑な機制構造は『吉本隆明と「共同幻想論」』（晶文社）で明示したが、背景には欧米の社会史研究と精神分析理論と経済人類学の成果をもってであった。吉本本質論を歴史・社会的な規制文脈に織り込むことで考察は深まる。『母型論』（学研）を同時にふまえないと、理解は過つ。対幻想の変容は、セクシュアリテの歴史だけの「単独なるもの」の問題ではない。性／性現象／愛さらにジェンダーの問題は、神話理論も文学理論も精神分析論も〈対幻想〉概念空間抜きに考えることはできないと断言する。

膨大な欧米でのジェンダー論は、非常に高度なレベルでの成果を出しているのだが、日本でそれが消化されているように見えない。また、ミシェル・ル・ドフさんの女性哲学史考察など大変なものだ。ナンシー・チョドロウさんは、男性性は分離、女性性は関係づけの形成をなすとしつつも、男女間の相違よりも女性間の相違の方が大きいと自己批判したが、モニク・ウイティグのレスビアン論やゲイル・ルービンの人類学的考証そのプロスティチューション支持など、考えるべきものがあまりにある。クリステヴァ、イリガライ、シクスーだけではない。「女になる／男になる」人類的問題からの答えなど出るべきものはないにせよ、貧相な「知」での倫理的決めつけですますことはできまい。

①家族と家庭の相違に起きていること
②母性愛・父性愛の規範・愛情の歴史、感情・感性の歴史。婚姻の歴史とセクシュアリテの変貌
③場所ジェンダーの文化変容
④対幻想と家族・家庭・セクシュアリテの関係表象
⑤社会的労働（経済セックス）と家族の経済的生存の問題
⑥共同幻想と対幻想と個人幻想と家族・性の編制

⑦子ども／若者の心的構制、幼児虐待、家庭内暴力
⑧女性の哲学　女性の言説理論
⑨植民地・帝国主義とポストコロニアルと女性
⑩プロスティチューション、女性の交換など
⑪精神分析理論と女性性（ラカンの「女なるものはない」）
⑫文学表出や映画表出における男／女

などなど、総体を考察せねばならない。その現在的表出を性同一障害などの医療化で処置できない。

『経済セックスとジェンダー』（1983年）に始まり、『性・労働・婚姻の噴流』（1984年）で、吉本さんにも参画していただき問題開示して以来、まだまだ考察は現時点でも未踏多しであるが、個々人にとってのいちばん身近にして根源的な問題である。〈女性〉から考えることである。

「セクシュアリテからのセックスの離床化」と「ジェンダー体制からのセックスの離床化＝経済セックス化」とを両輪として性主体＋労働主体となる規制化が、前言語段階から言語段階への過程において本質と歴史的社会条件とからなされると想定される。さらに学校主体／医療主体の制度的なユニセックス化が「社会人間」としての「社会空間」の「社会市場」に組み立てられている。現在はこの規制から逃れて生存できない。ジェンダーを女性差別の実定化だというようなマルクス主義の理論効果を暗黙に働かせている粗末な思考から、女・男の根源的な生存様式は把捉されていかない。日本で女性地位が世界であまりに低い状態のままであるのは、男支配の愚劣さだけではない、ジェンダー／セクシュアリテへの深い考察がなされていないことから多分にきている。言説は現実を作るのであって、その反対へと大学人言説が転倒しているからだ。大学人言説を脱却した女性理論を日本で見ることがない。高度な世界地平の女性言説を了解もしえていない。これが、知総体の退化を日本で招いている。

対幻想が変容するのではない、その歴史的な現れ方、関係の編制が変容する。本質論を活用することであって、そのまま滞留することではない。自分の自分に対する自由プラチック＝実際行為を、対関係において自分で開いていく成熟度だ。欧米の精神分析理論やフェミニズム論を〈対幻想〉概念から見ていくと鮮明に、その意味と限界を了解できる。ユニセックス化された主語制言語の主体理論で、男女の生存の問題は探究されえない。男系の皇孫系幻想のかなたに、「水の女」や箸墓や「媛」の物語、民俗の「妹の力」が場所文化存在としてあり、それは場所生存の女の力として残滓している。などなど。

【解説】世界一の吉本思想からすべては始まる

山本哲士

吉本思想は、世界一の思想である。世界総体を見回して、どうみてもそうである。それを日本の大学アカデミズムは理論的にも学術的にも深化・飛躍させつめてこなかったがゆえに知的にだらしない学問になってしまっている。

意見が違ったとする。すると、どうして吉本さんはそう言っているのか、自分の見解との違いに、考えていくべき課題が鏡面的に逆律して埋もれており、そこを明証化していくことで新たな理論世界が開ける。同意できるところは、それを使って活用していけば世界線での新たな理論生産がなしうる。本質が類的な展望をもって、現実を見ておられるからだ。本書では、二十一世紀にはいったそのときどきの「情況」を語っているが、そこには普遍・本質の視座があるゆえ、まったく古くない参考になる吉本思想がある。「現在」を考える思考技術や理論課題がたくさんある。変貌する「現在」を〈超資本主義〉としての変容として把捉していくことから浮き出す本質問題である。

「性・労働・婚姻の噴流」（新評論）の渋谷での講演（1983年）で、国家と市民社会と経済的土台との間に噴流が起きている問題提起を、模造紙何枚にも書いて吉本さんは論じられた。以後、「超西欧的」「超資本本主義」という概念空間をもって、古典的資本主義から脱する「現在」への本質的考察がはじまったと言えよう。氏にとって、超資本主義とは、経済的には第三次サービス業への従属人口が肥大化し、それが第二次、第一次産業にまで浸透して、そこに噴流が起きていることを明かすことが軸になっているが、経済の消費社会現象だけの問題に止まらないそれは、またランドサットからの視線として情報社会へと突入していく「ハイ・イメージ」の文化的考察へと深められ、先へいくことは、前古代、前日本語へと遡及する問題であり、文学論・都市論まで含んだ氏なりの総望である。

他方、世界線での批判考察は、すでに「産業サービス制度」としてのサービス批判からさらに商品経済への根源的な見直しが多産され、消費社会論から物質文化論へと深まる。つまり、根源論点が二つある。第一に、サービスは「奉仕」の宗教的概念を持つも生産物＝商品関係の論理形式から一歩も出ていないもので、そこに可能条件がないこと、第二に、価値形式／交換価値に対して、蓄積をなさない、マテリアルなものの「使用価値」文化があること、が開示されている。これらは、翻訳されていないものが多々あることもあって、吉本思想に組みこまれていない。吉本さんとの対話で、批判考察が知識人の戯言（知識主義）にならない注意をもって、わたしはあくまで本質視座の次元から、回路をつけ開こうと試み続けた。批判理論へ本質論を組みこむことが肝要で、逆ではないからだ。

　わたしのかかる点からの理解は、本質の歴史表象・歴史表出において、吉本さんは〈超〉の閾に新たな可能条件を見出そうとしていた、ということになる。だが、言述のシニフィエしか理解しない大学人たちは、吉本さんの現在論を侮って、その本意を理解しえていない。吉本信奉者たちも、吉本さんが「どう言うか」のシニフィエに回答を求める依存的な仕方に陥ったまま滞留し、現実的現在をなんとか肯定していけないかと格闘する真意を見出すよりも、堕落したかのような嘆きを吐露するにとどまった。世界線での理論成果を渉猟していたわたしは、吉本本質思想以上のものが世界にないことを確信していたゆえ、ともかく本質論から歴史表出界を把捉する理論生産をなし続けた。吉本思想からのその課題に対応できるのは、ラカン理論であって、理論道具（ツール）にはなるフーコーでもブルデューでもイリイチでもない。超資本主義への考察の、本質思想的地盤は吉本、本質理論的地盤はラカンにあるとわたしは見ている（『国家と再認・誤認する私の日常』EHESC出版局、64-5頁）。そして、多彩な深い理論考察は、もう一九九〇年代末までに出尽くしている。地盤を揺るがすような新たなものは以後ないのだが、元のもの自体が日本では消化されていないゆえ、おそるべき停滞・退化が知的界において起きている。「学問の自由を守れ」などと呆けている大学人は、吉本思想の本質をまったく読みえていないひとたちだ。

　本書では、労働形態、親子関係、家族、民族、社会主義、ナショナリズム、経済、政治、歴史、セクシュアリテ、などが多彩に論じられている。要素的な言及ではあるが、本質からの情況思考が提示されている。軽みでも読めるが深読みもできる、それが吉本言述の魅力であるが、それぞれへの問題構成を付帯的に「考えていく方向」として示しておいた。わたしはわたしへ向けてもう解は領有しているが、吉本地盤から理論研鑽と新たな実証が世界線で始まることは確かなことである。理論とは作られ生産され、現実を明証にするものである。

ここで、主張しておきたいことは、吉本思想は「日本語」で思考されている、それは「述語的シニフィアンの思考」であって、欧米が日本語理解しないかぎり届きえない考察地平にあるということだ。それをただ思想態度言明でしかシニフィエ理解しないから、吉本思想の深みの先へいけていないのである。つまり、コプラ論理ではない。命題形式思考ではない述語的論理思考である。ただの大衆存在立脚思考ではない。フーコーの主体解釈的自己技術思考に対して、述語表出的自己技術思考であると言っておく。自立思想の先を、わたしはそう配置した。表出論を固有だと最後まで主張された、その意味はそういうことである。〈表出シニフィアン〉の浮き立たせなのだ。本書での、何気ない論調に、それはあふれている。そして、さらに強調するが、吉本思想に答えも解決もない、類的な本質問題が、めくるめくように開示され、そこから「すべて」を出発させることができる。それはヘーゲルの比ではない。かつてヘーゲル主義だと、マルクス知らずの粗雑なマルクス主義者たちが批判した、それはあながち的外れではなく、マルクス的な解決の未熟さ（本書では道具的思考だと指摘されている）を超出する吉本思想であり、ヘーゲル歴史学批判は『心的現象論・本論』に明示されている。わたしはたとえば、労働ではない「資本」が主客非分離の自然疎外であることを見出したし、地球環境ではない「場所環境」の場所共同幻想としての国つ神を見出したし、何より《述語制》日本語の界閾を発見しえた。吉本思想の本質かつ政治思想があったがゆえ、フランス新哲学派のような擬制ラディカリズムにはぶれずに、吉本思想に対応しうる一級の優れた地道な論者たちの研究考察を領有していくことができた。（ラカン理論は述語制の壁に対面している。）世界の普遍思想は吉本思想から初まる、それにいずれ世界は気づくであろう。そして、日本文化資本の文化蓄積は、経済蓄積などをはるかに超えて普遍技術として世界へ寄与しうる。そこがぶれないために、わたしは歴史社会的な現在表象をクリティカルに、明晰に理論領有し可能条件を探ってきた。思想的な始末では済まされないからだ。だが、吉本本質思想があってこそ、生産的になれるが、あまりに多くの問題構成が開かれうる。そこに立脚したなら、日本の知は堂々と世界を領導しうるものになろう。

吉本本質思想及びその論理思考は、形而上学ではない。世界のまったく固有の最先端の考察であり、人類的である。本質論と対立させられてしまう社会構築主義の社会・歴史への時間還元は、実は歴史的にも社会的にも何も解明されていかない、表層での気の利いた仕方でしかない。「構造主義はマルクス主義の最高形態でしかない」とされてしまうのは、邦訳者たちの頭の思考構造がマルクス主義のままであるため、原書の理論プラチックが変容されてしまっているからで、客観的客観主義であるかのような理解へ還元されてしまうからだ。構造理論から一九九〇年代末までの理論転回のシニフィアンは、吉本思想の概念空間をもってしないと、ほんとに後退させられるだけになってしまう。現に、欧米でもそうなって滞留してしまった。欧米による日本およびアジア的なものへの理解は、日本の欧米理解よりも杜撰であり貧相である。しかし、それは日本側が日本そのものの理解において、吉本思想や西田哲学を粗末に扱って、固有の述語制界を理論化しえていないからである。その源流は、江戸期思想、武士制、源氏物語、古今集、さらに古事記、そして吉本思想が設定した前古代、前日本語から滔々と系譜的に流れているものだ。吉本思想総体を指標にして、とりくんでいくことである。ナショナル化ではない、「場所」としてである。

そのためには、繰り返すが、吉本思想の思考シニフィアンを探り出していくことであって、意味されたもの＝シニフィエに従属し、それをシニフィアンへと働かせてしまうことではない。ここを、よくよく吟味・工夫・鍛練あるべし。そこから、シニフィエなきシニフィアンスを見出したとき、知の自己技術が自らへ領有されていく。「学ぶコメント」は、多くの可能性の中の一つでしかない。おのおの試みられたし。

吉本隆明（よしもと たかあき）

1924.11.25-2012.3.16。詩人、思想家。
『芸術的抵抗と挫折』(1959) 以来、日本を代表する批評家として、戦争責任、自立の思想、関係の絶対性など政治思想、文学論、情況論を多彩に展開しながら、『言語にとって美とはなにか』(1965)、『共同幻想論』(1968)、『心的現象論序説』(1971)、30 年以上書き続けられた『心的現象論・本論』の三つの本質論は世界思想としての地平を開いた。『マス・イメージ論』から『超西欧的まで』『ハイ・イメージ論 1,2』で消費社会、超資本主義の現在変容を把握しながら「アジア的ということ」『アフリカ的段階について』『南島論』そして『母型論』と人類的本質に迫る。天皇制、親鸞論、キリスト教論の「信の構造」は宗教の本質へと肉薄する。『高村光太郎』『宮沢賢治』「島尾敏雄』の現代文学論、「西行』『良寛』『源氏物語』そして『初期歌謡論』の古典論、『詩学叙説』など詩論、は文学批評の質を転換した。これらの軌跡は『吉本隆明が語る戦後 55 年』(12 巻。これは『思想の機軸とわが軌跡』へまとめられる）として自らで語られ、個人主宰の『試行』誌で述べられた「情況への発言」(3 巻) がある。多くの批評家、識者たちへ影響を与えた日本最後の大思想家である。

知の新書 004

吉本隆明が語った
超資本主義の現在 その本質への思想

発行日　2021 年 4 月 20 日　初版一刷発行
発行所　㈱文化科学高等研究院出版局
東京都港区高輪 4-10-31　品川 PR-530 号
郵便番号　108-0074
TEL 03-3580-7784　FAX 03-5730-6084
ホームページ　ehescbook.com

印刷・製本　中央精版印刷

ISBN 978-4-910131-11-5
C1210